U0626277

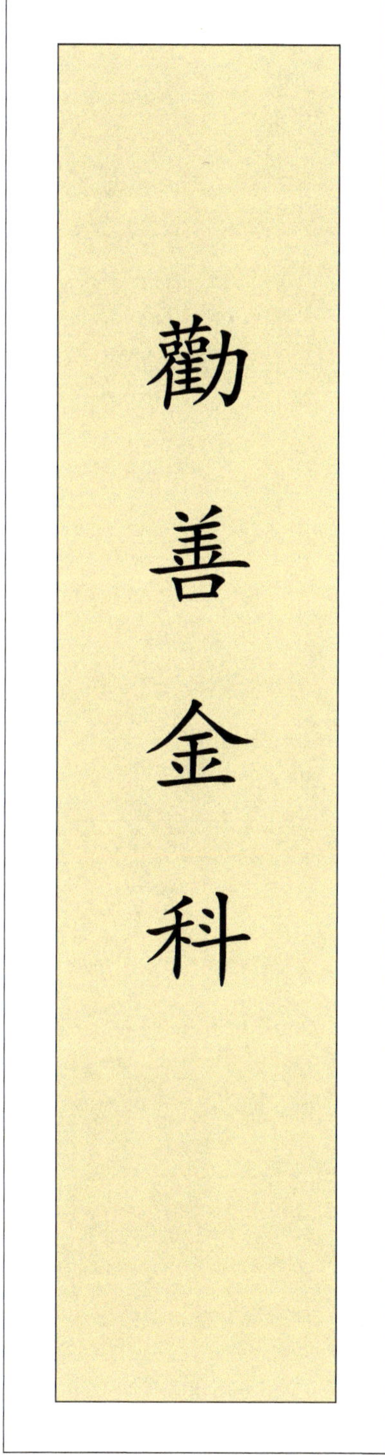

勸善金科

〔清〕張照等 編

乾隆內府刊本

勸善金科　第三本卷上

第一齣　遊戲神何曾遊戲　家麻韻

佛門上換雷音寺匾雜扮八將吏各戴將巾穿蟒箭袖排穗執旗雜扮四功曹各戴功曹帽穿雁翎甲掛年月日時牌雜扮二判官各戴判官帽穿圓領束角帶持筆簿引雜扮採訪使者戴嵌龍幞頭穿蟒束玉帶從上場門上唱

雙角套曲　沉醉東風　朗帝座暉暉日華。韻　襯天衢葉葉雲葩。

韻鈞天樂欲終。句閶闔朝初罷。韻乍辭了芙蓉闕下。韻路轉星垣踏曙霞。韻疾馳着電車風馬。韻場上設平臺虎皮椅轉場陞座衆侍從各分侍科採訪使者白原始維皇本降衷人心無那不相同何當風俗咸歸厚萬物熙熙聖化中小聖採訪使者是也太上以好生之心集成太上感應篇無非欲人去惡從善之意爭奈迷惑的人頗多解悟的人甚少不能省得感應之理爲此上帝又差我巡察人間明彰善惡之報是故以善惡之報而

施之於感應者太上好生之盛心也以賞罰之權而措之於政令者乃朝廷之上以太上好生之心而爲心者也惟爾黎庶可不知所警誡哉遊戲神何在

丑扮遊戲神戴花神帽穿氅繫絲縧從上場門上白

三界尊崇居世外半天遊戲察人間

作叅見科白

遊戲神稽首使者有何法旨

採訪使者白

茲者王舍城中傅相七代修因已登正果其妻劉氏聽信伊弟劉賈之言意欲背却前盟開齋行惡你可潛到彼處與他家家宅之神多示怪

異或者警誡得劉氏畏懼悔過、仍了善因、亦未可定、遊戲神應科採訪使者白　那傅姓呵、唱

雙角水仙子套曲

原是箇積功累行善人家。韻白　就是那劉氏、唱　也不失繡佛長齋好女娃。韻　都則爲旁多宵小施欺詐。韻　平白地信讒言一念差。韻　種下了寃禍根芽。韻　早則是饕餮欲無涯。韻　把向日功行成虛話。韻白　可念彼祖功宗德、唱　恁好去示怪異警誡於他。韻白　我還有靈丹一粒、你可將去埋在傅羅卜住居之處、倘日後劉

氏怙惡不悛、自有五瘟降災、那時此丹瑞氣氤氳、除劉氏之外、可以保護得不侵邪氣、作付丹遊戲神接科白領法旨、採訪使者白這丹呵、唱

雙角套曲 太平令 休覷做一丸不大。韻也抵得九還無價。韻掩不住金氣騰霞。韻煥不了珠光散華。韻恁呵。格好寶做黃芽。韻不差。韻還比那丹砂。韻更佳。韻呀。格入土時縱千年不化。韻下座隨撤平臺虎皮椅科採訪使者白遊戲神就此前往、吾當向下方巡察去也、遊戲神白領

法旨、採訪使者白　衆將吏、就此擁護前行者、衆應科採訪使者白　清飈高引霓旌蕩、紫靄低扶電轂馳、衆擁護採訪使者仝從下場門下遊戲神白　不免竟往南耶王舍城走遭也、唱

雙角套曲　淸江引　飛身空際多瀟灑。韻　笑把流雲駕。韻　休言道里遐。韻　那覺寰區大。韻　去來　趁天風剛一霎。韻　作到科白　傳宅土地何在、丑扮土地戴巾穿土地氅持拂塵從上場門上白　來了、作參見科白　尊神到此何幹、遊戲

神白　我奉採訪使者之命、說劉氏背誓、將要開齋、特命
我前來、相同本宅家宅、必須多示怪異、警誡於他、或者
悔悟、亦未可知、又有仙丹一粒、吩咐埋在傅羅卜住居
之處、設使劉氏不改、必令五瘟降災、有此護持傅羅卜、
就可不侵邪氣矣、土地白　奉採訪使者法諭、就同尊神
遵行此事便了、遊戲神白　就此同往、土地仝唱

又一體

仙丹一粒深埋下。韻　再把浮塵壓。韻　靈物果足
誇。韻　沴氣全不怕。韻也　則是善緣施救拔。韻　遊戲神白

我等俱在他家堂之中、何劉氏來時、即示顯應便了、土

地白尊神說得有理、全從下場門下

勸善金科第三本卷上

第二齣　經營客不爲經營　眞文韻

生扮羅卜戴巾穿道袍繫鸞帶從上場門上末扮益利戴羅帽穿屯絹道袍繫鸞帶隨上羅卜唱

雙角套曲　新水令

冒炎蒸奔走客中身。韻歷長途幾多勞頓。韻川原相繚繞。句車馬逐紛紜。韻撲面風塵。韻行路難。誰來問。韻白思慮萱親當暮年、何時效學綵衣斑、益利白只因欲覓蠅頭利、暮宿朝行不憚煩、羅卜白前面是什麽所在了、益利白 前面就是蘇城、到那裏先投牙行、以便置取貨物、羅卜白 使得、益利哥、向聞江南風景、蘇城爲最、果是佳勝之區、與別處大不相同、益利虛白科雜隨意扮四車夫各推車從上場門上隨行科羅卜唱

雙角套曲 步步嬌

果然是 土俗繁華稱名郡。韻 那 財貨多充牣。韻 看 朱明景可人。韻 曲岸風來。句 荷香遞引。韻 高柳覆城闉。韻 鬧紛紛 闤闠行來近。韻 作到科益利白 這裏有箇牙行在此、裏面有人麽、丑扮店小二戴氊帽穿喜

鵲衣繫腰裙從下場門上作出門見科益利白　我們來投牙行的、請你主人出來、店小二白　主人有些小事在後面、官人且請進內少坐、待我去請他出來、作引羅卜益利衆車夫仝進門科虛白引車夫仝從下場門下場上設椅羅卜坐科白　這店中的房舍、倒也潔淨、唱

雙角套曲　慶宣和　這些時客途多苦辛。韻到此地且權敎安頓。韻益利虛白從下場門下羅卜唱想　人生踪跡類浮雲。韻曾沒有箇定准。韻定准。疊

雙角喬牌兒套曲　我閒中還自忖。韻因何事趨奔。韻今日裏向客窓一榻兒聊安穩。韻先拂拭了這衣上塵。韻外扮王店主戴氈帽穿道袍從下場門上白　主因信實千金託、客爲公平萬里投、客官有失迎候了、羅卜起作相見各虛白科場上設椅各坐科王店主白　請問官人、尊姓大名、家鄉何處、羅卜白　小生姓傅名羅卜、南耶王舍城人氏、請問賢主人高姓大名、王店主白　小子姓王名茂、敢問官人、到此有何貴幹、羅卜白　容禀、唱

【雙角套曲】【折桂令】謹奉着慈命諄諄。韻作經商 遠離洛下。句特向吳門。韻王店主白 來路甚遠、也着實勞苦、羅卜唱 行盡了幾多道路。句 渡過了數處關津。韻 深愧我資本輕微。句 只望伊價値停勻。韻 湖海孤身。韻 異地相親。韻 多感恁 管顧周詳。句 接待殷勤。韻王店主白 不敢、多承官人下顧小店就要叨光獲利了、羅卜白 豈敢、唱

【雙角套曲】【鴈兒落】可正是 客來投主人。韻 怎說得 財旺交亨運。韻 雖然的 貨殖擬陶朱。句 也難道 豪富誇猗頓。韻 各

起隨撤椅科王店主白　吩咐快備洗塵酒席、要豐盛些、

羅卜白　賢主人不用費心、小生從幼長齋、並不飲酒、只須蔬食菜羹足矣、王店主白　原來如此、這也難得、羅卜唱

雙角套曲　得勝令　用不着烹鮮膾鯉宴嘉賓。韻也不索光浮琥珀倒金樽。韻只要得三餐精潔隨時用。句一室兒清幽避俗塵。韻王店主白　既是這等、請至後面備素饌奉敬、羅卜白　賢主人、唱　可知這饔飧。韻但尋常休過分。韻

便是那晨昏。韻要勞伊管顧頻。韻全從下塲門下

第三齣　奮軍威令言受縛　庚青韻

雜扮八軍士各戴馬夫巾穿蟒箭袖卒褂執標鎗雜扮八將官各戴將巾穿蟒箭袖排穗持刀雜扮四將官各戴帥盔穿門神鎧持鎗引末扮渾瑊戴帥盔紥靠紥令旗雜扮執纛人戴馬夫巾穿蟒箭袖卒褂執纛隨從上塲門上渾瑊唱

正宮引　破陣子　八面朝衝積雪。句　馬蹄夜踏層冰。韻　到此

方知征戰苦。句好仗才猷事遠征。韻何時奏蕩平。韻中

塲設椅轉塲坐科白強藩跋扈逞幺麼遍處嚴防夜枕

戈欲向長空洗兵氣不辭隻手挽天河下官兵馬元帥

渾瑊是也自從渭橋大破朱泚姚令言之後與李令公

分兵追趕㕽耐姚令言那廝晝夜西奔若到涇原如虎

歸穴那時擒之難矣因此不辭勞苦兼程而進但不知

他虛實如何已曾撥哨馬前去打探怎的還不見到來

淨扮報子戴鷹翎帽紥包頭穿劉唐衣繫肚囊負包從

上場門急上唱

中呂宮正曲 鼓板賺 偵探軍情。韻 健體如飛兩足輕。韻 將軍令。韻 宛同雷厲與風行。韻 敢消停。韻 馳來但見黃塵影。韻 巳過迢迢百里程。韻 忙覆。取軍中命。韻 向柳營稟報元戎聽。韻 兀自喘吁不定。韻 作進門叩見科渾瑊白 探子、你回來了麼、報子白 是、回來了、渾瑊白 把賊人的虛實、仔細講來、報子白 將軍聽稟、唱

又一體 敵勢衰凌。韻 聽見了鶴唳風聲皆是兵。韻 渾瑊

白 他却還剩有多少人馬、報子唱 他那裏多不競。韻 只有殘兵一旅非嚴整。韻 一路上噪軍聲。韻 他敗奔形狀言難罄。韻 只辦得 鼠竄狼奔趲去程。韻 早早掃欃槍影。韻 我這裏 官軍若去 他就 無遺剩。韻 似入了無人之境。韻 渾瑊白 探子、看他日行多少路、夜宿幾更天、飲酒不飲酒、貪眠不貪眠、何處安營寨、幾人斷後先、再當急去探聽、不得延遲、報子作出門科急從下場門下渾瑊起隨撤椅科白 傳令各營將領、一齊披掛、就此起兵前去、

塲上作下雪科衆行又止科白 稟老爺、雪大難行、渾珹

白爾等不知、正借這一天大雪、好立奇功、若待天晴、大事去矣、急急起行、違令者斬、衆應遶塲科仝唱

中呂宮正曲 馱環着

把軍威再整。韻把軍威再整。疊計日兼程。韻破釜沉舟、讀加鞭敲鐙。韻休懼風寒露冷。韻雪颺鵝翎。韻若非仗天威、讀怎操全勝。韻寒侵弩愈增神勁。韻風送箭更加捷應。韻報子從上塲門急上白西江月

探得叛軍消息、日行二百程途、不眠不醉不呼盧、晝夜

奔馳途路、今夜安營下寨、三軍痛飲豪呼、非關今日戀歡娛、止爲紛紛雪阻、渾瑊白再去打探、報子應科從下場門下渾瑊白 我料他遇了大雪、不辨程途、一定安營下寨、他的人馬、晝夜兼行、到了住馬時、自然兵疲力倦、好酒貪眠、與死人無異了、乘此時去劫寨、可以一鼓就擒、大小三軍、聽我吩咐、衆應科渾瑊白 齊換了白旗白幟、白甲白冑、務使與雪色相同、雪光相映、銜枚疾走、不露軍聲、到了賊寨、一齊隱在雪中、只聽砲聲爲號、砲聲一響齊入賊營斬將擒兇就在此舉大家都要勉力建功不得委靡取究就此前去衆應遶塲科仝唱合軍容盛韻將令行韻佇看靖掃烽烟讀四方寧靜韻仝從下塲門下雜扮四小軍各戴卒盔穿箭袖卒褂持鎗引丑扮姚令言戴荷葉盔紮靠從上塲門上仝唱

越調正曲 水底魚兒 句合

晝夜兼行韻馳來千里程韻再拚幾日好到涇原城韻好到涇原城疊姚令言白咯姚令言是也自從渭橋被李晟大破之後只得兼程逃遁不

上數日趕了千里程途、若到涇原、便有接濟、再圖大舉、來到此處、忽然下起大雪來、不便行走、只得在此下寨、軍士們、如今天色晚了、且到帳房裏面去、穩睡一宵、衆小軍白 多承元帥吩咐、我們各歇息便了、聽得一聲令、偷安半夜眠、仝從下場門下雜扮四小軍各戴鷹翎帽穿箭袖卒褂佩刀引末扮源休戴幞頭穿蟒束玉帶從上場門上仝唱

又一體 掠地攻城。韻 惟憑奇計能。韻 將軍握法。句合 號

令任施行。韻號令任施行。疊作到科衆小軍白 源丞相到、衆小軍引姚令言從下場門上作出門引源休進門科白 源丞相、此時天色已晚到此有何貴幹、源休白 方纔奉主公之命、令我前來催將軍連夜進兵、兼程而遁、未知將軍意下如何、姚令言白 丞相、主公所言雖是、但今晚又下這等大雪、況且自遭渭橋大戰、這些衆軍兵、每日兼程而走、甚是辛苦、不如暫且休息一宵、以待來日進兵、未爲遲也、源休白 既如此、同往後營去、歇息一宵明日回覆主公便了軍士們你們連日却也辛苦今晚暫且歇息一宵以備來日進兵務要小心防禦切不可貪睡有悞軍機如違重究衆應科源休姚令言唱

仙呂宮正曲　清江引

涇原若到果然是邀天幸韻急急傳軍令韻令宵且暫眠句各要驚心聽韻合怕的是敵悄來讀乘着這天氣冷韻全從下場門下衆小軍白走了幾日人馬不停今幸大雪且去安眠一晚快去熱起酒來喫醉了好睡唱

又一體

今宵穩睡果然是邀天幸。韻 各各遵軍令。韻 何時到涇原。句 免得心耿耿。韻合斷沒有 敵悄來。讀 他也怕天氣冷。韻各隨意發諢科仝從下場門下衆軍將引渾瑊齊換白盔白甲白旗從上場門上遶場科仝唱

中呂宮正曲 駐環着

美軍威强勁。韻 美軍威强勁。疊 疾似雷霆。韻 電掣星移。讀 仗 雪光輝映。韻 我 這裏奔馳俄頃。韻 建旆前征。韻 試看奮雄師。讀 頓除梟獍。韻 馬到處旗開得勝。韻 勦叛逆邀天之幸。韻合 軍容盛。韻 將令行。韻佇

看靖掃烽烟、讀四方寧靜。韻衆白已到賊營了、渾堿白有一座山坡在此、我不免上去一望便了。作登山科白不出下官所料、聽他鼾聲似豹、鼻息如雷、一毫准備也無、不趁此時擒拏賊人、更待何時、吩咐軍中快些放砲、衆應科全從下場門下内放砲吶喊科源休衆小軍作棄甲曳兵急從下場門上遶場科從上場門下衆小軍引姚令言從下場門急上全唱

越調正曲　水底魚兒　夜半三更。韻誰來劫我營。韻尋衣不見。

句合　黑地怎逃生。韻　黑地怎逃生。疊　姚令言白　不好了、被他漫天塞地殺進營來、嚇得夢魂顛倒、刀鎗都摸不着馬匹又沒處尋罷了、這也是我們謀反的下場頭了、衆小軍白　你要謀反作大事、帶累我們受這樣苦、內吶喊科姚令言白　你看他的兵馬、密密層層、料想是走不脫了、怎麼處、衆軍將從兩場門分上作圍賊營擒獲姚令言科白　姚令言擒獲了、渾瑊從上場門上白　快將他上了囚車、衆應科雜扮五推囚車人各戴鷹翎帽穿箭

袖卒褂推四車從下場門上將姚令言上四車科渾瑊

白大小三軍、就此班師、衆應遶場科仝唱

雙角隻曲 玉環清江引 對玉環首至合

帷幄神謀。句千羣面縛成。韻貔貅勇力。句三軍氣倍生。韻旌旗颭風輕。韻干戈耀日明。韻靖掃烽烟。句王師復帝京。韻

清江引全

今朝奏捷只俄頃。韻從此把妖氛靖。韻人人唱凱聲。韻箇箇敲金鐙。韻合指日裏慶班師讀鞏金甌賀寧靜。韻仝從下場門下

勸善金科第三本卷上

第四齣　逢劍俠朱泚遭誅　家麻韻

雜扮八軍卒各戴將巾穿蟒箭袖排穗引淨扮朱泚戴九梁冠穿鼇從上場門上唱

越調引　霜天曉角

威名空大。韻戰敗躭驚怕。韻妄自稱孤道寡。韻人應笑井中蛙。韻中場設椅轉場坐科白霓裳驚破二都焚遂至中原有戰塵鹿失嬴秦還共逐高材捷足定何人自家朱泚創業開基心願頗遂可奈李晟那廝統兵勤王與姚令言戰於渭橋之上被他殺得大敗因此棄城而遁逃往涇原再圖進取之機已差源休催姚令言先從小路速行進發只是李晟追趕得緊晝夜未曾停歇連日雪大道路不分且暫住此間等源休回話正是成則爲王敗則寇退能保守進能攻起隨撤椅從下場門下衆軍卒隨下末扮源休戴幞頭穿蟒束玉帶從上場門急上白勝敗兵家未可期一朝挫刃苦難支莫教說出偷營事釜底殘生魂已飛作到科白門

上有人麽、二軍卒從下場門上作出門見科白丞相來了麽、請少待、作進門科白主公有請、源丞相到了、朱泚內白着他進來、二軍卒應作引源休進門二軍卒仍從下場門下雜扮四內侍各戴內侍帽穿貼裏衣繫絲絛引朱泚從上場門上場上設椅坐科源休作參見科白主公、源休見、朱泚白源丞相、你去催姚令言先往涇原、他必然進兵了、源休白主公、不好了、那姚令言統領兵馬、行至中途、遇了大雪、被渾瑊半夜偷營、將姚令言生擒而去臣躲在雪中逃來報信、朱泚作驚科白 有這等事罷了、大事去矣、我且問你、那姚令言怎麼不加小心、以致如此、源休白 主公有所不知、唱

越調正曲 五般宜 都則爲急奔逃、讀 三軍困乏。韻 因此上暫偷安 讀 一宵駐劄。韻 正遇着雪壓路丫义。韻 不隄防將軍颼至、讀 疑從天下。韻 他 那裏兵不厭詐。韻 我這裏人難禁架。韻 合把一箇 善戰鬬的 將軍。句 生生價擒過 了馬。韻 朱泚白 原來姚令言偷懶躭安以致中了敵人之

計、如今大勢已去、如何是好、唱

越調正曲江神子 誂得我如瘖啞。韻 歎 已成基業 似 風飄瓦。韻

恨 他行曾不知兵法。韻 合 往日 稱強誇勇嘴喳喳。韻

都是假。韻 起隨撤椅場上設帳幔牀科朱泚白 事既到

此、且待明日整理殘兵、往投李希烈營寨、再圖後舉、便

了、源休仝唱

越調正曲蠻牌令 虎視奈何他。韻 鼠竄可憐咱。韻 飄零如捲

籜。句 散亂似飛花。韻 撫劍視難禁感慨。句 枕戈眠空自

嗟呀。韻合羞難忍。句恨轉加。韻心搖似旆、讀意亂如麻。韻內打三更科朱泚白夜已深了、源卿且退、待寡人少睡片時、可吩咐軍士們、用心把守營門、巡更的不要絕了鑼聲、打更的不要斷了鼓聲、源休應科作出門虛白傳令科從下場門下朱泚卸冠帶內侍接科朱泚白內侍們、爾等可少息片時、四內侍應科從兩場門分下末扮段秀實魂戴紗帽搭魂帕穿圓領束金帶墻坐帳幔牀上科朱泚作掀帳幔見段秀實魂驚退科段秀實魂從左旁門下朱泚白方纔明明看見叚秀實在我帳中、怎麽不見了、我且不要大驚小怪擾亂軍心、作入帳睡科內打四更科雜扮四更卒各戴鷹翎帽穿箭袖卒褂持梆鑼仝從上塲門上虛白作偷睡科生扮韓旻戴小頁巾穿箭袖繫鑾帶佩劍從上塲門上唱

越角鬭鵪鶉套曲

並不是故弄虛花。韻也非關甘爲奸詐。韻信心胸中正無差。韻論形跡强梁是假。韻旣然的心許皇家。韻合當要志安天下。韻白刃刀手內拏。韻青鋒劍

腰間掛。韻怎聽取城上吹笳。韻忍見得朝前勒馬。韻白

自家韓旻是也。昔年爲盜綠林，曾劫王舍城中傅相之家。是我們將他的白馬馱金帛而回，却也奇怪，那白馬口吐人言，明說報應。因此我們回心向善，又掌那傅長者勸我報効朝廷，立志向上，所以刻刻不能忘他言語。近日投入涇原，授爲偏將。不料朱泚這廝做出這般大事，傷害多少百姓，我不免做箇刺客，把朱泚結果了。倘成其事，上可以報朝廷之恩，下可以雪生民之恨。若還

謀事不成也只害我自身一命而已但行此事全賴君民福分天地鬼神默助不免悄往他營中行刺者唱

越角調笑令套曲且潛踪瞷他韻可有那支更卒緊巡查韻呀格喜得箇刁斗無聲靜不譁韻步向那中軍帳內輕輕跨韻你那裏恁地狡猾韻自不容人來卧榻韻今夜裏怎不防咱韻作到營悄望科白朱泚你這賊子唱

越角禿厮兒套曲恁恁恁竟擅敢背叛天家韻恁恁恁又待要割據天涯韻犯着那滔天罪惡當折罰韻掣寶劍句

閃霜華。韻看命掩黃沙。韻作進門科朱泚虛白作出帳

被韓旻刺殺朱泚從下場門下隨撤帳幔牀科四更卒

作驚醒科白　是何人刺殺大王、韓旻白　朱泚背叛朝廷、

既是亂臣賊子人人得而誅之我韓旻今日爲百姓除

此大害、爾等原係出於無奈大家若肯攺邪歸正免受

刀劍之苦、四更卒白　情願跟隨壯士、内吶喊科韓旻白

你看李令公追兵將到、我等就此取了逆賊的首級、快

去投誠便了、四更卒白　說得有理、韓旻向下取朱泚首

級隨上科衆仝唱

收尾　從今後　普天臣服咸歸化。韻　烽烟銷盡少征伐。韻

也不用　挽天河洗甲兵。句　只須是　向華山歸戰馬。韻仝

從下場門下

第五齣　傅羅卜月夜思親　齊微韻

生扮羅卜戴巾穿道袍持燈從上場門上唱

正宮引　喜遷鶯　淒涼客邸。韻聽夜雨瀟瀟。讀鄉心滴碎。韻虎鬬龍爭。句魚沉鴈杳。句場上左右設桌椅羅卜置燈左邊桌上科唱　高堂未審安危。韻花間玉露微零。句內作風聲科羅卜唱　樹杪金風初起。韻凝望眼。句正江城搖落。讀節序相催。韻中場設椅轉場坐科白踏莎行　家在中州身留茂苑、雲山萬疊空逃眼、異鄉客况歎蕭條、高堂親鬢愁衰短、主簿祠邊、貞娘墓畔、斜陽衰草情無限、家山何處路漫漫、一望天涯魂欲斷、唱

正宮集曲　鴈漁錦　鴈過聲首至二　天涯孤客猶未歸。韻起科白　母憶子倚遍門閭、子念母望斷鄉關、似這等朝朝暮暮、切切悲悲、滚白　那日不動思歸之念、唱　我歎萍踪何事多留滯。韻白　奉着母命來此經商、滚白　身攜貲本跋涉山川、幾度梳風并櫛雨、有時戴月與披星、唱　鴈搊天　三至四　我何

苦奔道途欲覓蠅頭利。韻坐科白 到如今甘旨不能侍奉温凊之禮有缺、却爲着何來、唱 恨無端拋閃下 白髮老慈幃。韻滾白 想我老娘支持家務、華髮漸添、唱 暮年人 近來 安否難知。韻白 我倒忘了、前日聞得店主人說朱泚造逆逼走乘輿、李希烈跋扈稱兵犯順豫省一帶地方、多有遭了兵火的、我一聞此言、驚魂無定、唱 我 家鄉 知道是 安與 危。韻滾白 我那老娘年高之人、且謾說身罹鋒鏑、便是耳聽金鼓之聲、

目見旌旗之影也索驚惶無措了天我家鄉知道是安
與危唱鴈過沙末二句　慮的是遭亂離却向何方避。韻起科
白縱欲逃躲奈沒有箇親兒在旁誰箇扶持回護就有
那些家人僕婦焉能盡心爲主况見了這些避亂的扶
老攜幼兒啼女哭豈不驚心駭目也滾白聽鼓鼙聲沸
那裏去避秦唱　兵戈遍野愁滿地。韻作脫衣見衣上線
跡科白　看此線跡當初老母遣我出外之時說道兒嗄
將你衣服縫上幾線見此免兒思母娘豈知兒因此越

想你了、唱

二段鴈過聲首至二句

思之。叶　無限傷悲。韻漁家傲第四句　恨分拋南北兩下裏相牽繫。韻白　我想凡爲人子者必須要及時行孝、滚白　似我這逗留旅邸蹉跎歲月、唱鴈過聲六至七　可知道光陰曾是無幾。韻　縱然是百歲如波逝。韻坐科唱

漁家燈第三句

論朝夕須問起居。叶山漁燈第三句　論寒暑須當護持。韻一機錦第五句　論奉養要甘肥。韻錦纏道第四句　因貿易讀把親幃撇却　行缺名虧。韻山漁燈第廿句　這怨苦、讀　他人

怎知。韻鴈過聲七至末　我這裏每日間望　白雲天際思親遠。
句他那裏鎮終朝看　碧樹平蕪望子歸。韻

三段鴈過聲首至二

因知。韻　難卜歸期。韻　起科滾白　從來說烽
火連三月。家書抵萬金。似這等兵戈擾攘、道途阻塞、天

唱漁家傲四至五

報平安　一緘書信無由寄。韻疊疊　雲山　鄉
關　何處。叶山漁燈第二句　烟樹千重。讀　目斷魂迯。韻鴈翀天第六句
何日把　歸裝整理。韻錦海棠四至五　故園松菊。句　唔這些
時　總成拋棄。韻鴈過聲七至末　原不爲　貨財欲阜　心腸切。句

◎

却怎的菽水承歡志願違。韻白你看霎時雨止天晴好一天月色也、唱滿窗皓月照人不寐。韻山漁燈第三句幾番要

四段鴈過聲首至二

夢魂歸去讀奈雙眼兒何曾閉。韻錦纏道八至合且披衣起坐挑燈無語。句聽寒蛩四壁聲亂啼。韻漁家傲第四句想這愁山悶海知何際。韻漁家燈三至四戹羸體便擔承不起。韻也索盡力支持。韻鴈過聲七至末愁睹那霜清籬落黃花綻。句怕見這風急林皐紅葉飛。韻末扮益利戴羅帽穿道

袍繫鑾帶從上場門上白　小官人、這樣時候、也該進去

安置了、羅卜唱

五段錦纏道首至七　漬羅衣。韻　這都是思親淚垂。韻益利持燈

隨撤桌椅科羅卜唱　何事苦羈棲。韻　歎年來怎不讀早

賦歸兮。韻　算人生年華甚疾。韻　便而今歸去猶遲。韻這

就裏只心知。韻鷓鴣聲七至末　正是　孤身作客三千里。韻　一

日思親十二時。叶　仝從下場門下

第六齣 鄭賡夫春朝侍宴 魚模韻

外扮鄭尚義戴巾穿道袍從上場門上唱

黃鐘宮引 西地錦 老景休嗟遲暮。韻 芳時且盡歡娛。韻 春花秋月難長遇。韻 人生不飲何如。韻 韻中場設椅轉場坐科

白 心樂休嫌居室小、身安何用積金多、吾生須是長知足、凡事還宜隨分過、老夫姓鄭名尚義、不幸前妻棄世、遺下一子名曰賡夫、朝夕勤讀、功名可望、老夫復娶繼

室王氏。去年得生一子。二子傳家。暮景有望。當此春光明媚。已曾吩咐整治酒筵賞翫。書童那裏。丑扮書童戴網巾穿道袍繫鸞帶從上場門上白　時時添硯水。日日伴書齋。員外有何吩咐。鄭尚義白　請安人上堂。書房內請大相公出來。書童向內請科旦扮王氏穿衫從上場門上雜扮四梅香各穿衫背心繫汗巾副扮乳母穿老旦衣繫包頭抱嬰兒隨上王氏唱

黃鐘宮引　傳言玉女　鶯心節序。韻　眼見春光如許。韻　看繁花

遍開庭宇。韻場上設椅各坐科小生扮鄭廣夫戴巾穿道袍從上場門上唱　螢窓十載。句敢畏憚下帷勤苦。韻他年得意。句青雲平步。韻作拜見科白　一年始有一年春、鄭尚義白　又見東風景物新、王氏白　能向花前幾回醉、全白　十千沽酒莫辭頻、鄭尚義白　安人常言道無官一身輕、你我有子萬事足、今見春光明媚、景物融和、吩咐整治酒筵、夫妻父子、一同翫賞、王氏白　員外、良辰美景、休教虛度、鄭尚義白　我兒把盞、場上設席鄭廣夫定

席畢各坐科衆全唱

黃鐘宮正曲　啄木兒　金樽注綺席鋪。韻　喜勝日銜杯景趣殊。韻　過牆頭蝶趁飛花。句　點池面魚吹輕絮。韻　囑東皇莫遣花無主。韻　挽斜暉欲使春留住。韻合　把不謝的芳菲長翫取。韻

黃鐘宮正曲　三段子　花開幾樹。韻　亂紅飛令人暗吁。韻　酒傾百壺。韻　玉山頹倩人漫扶。韻　對風光佳麗難輕負。韻　看韶華穠艷休虛度。韻合　想迅速的流年讀　似過隙駒。韻

各出席科衆仝唱

慶餘

喜一門眷屬欣團聚。韻坐春風正多笑語。韻早不覺砌轉花陰日又晡。韻王氏白員外、我的酒量不加、我要進去了、鄭尚義白丫鬟、伏侍安人進去罷、梅香扶王氏從下場門下乳母隨下鄭尚義白我兒、撤過了筵席、鄭賡夫應科隨撤桌椅科鄭尚義白歲歲筵開莫暫違、臨風把酒賞芳菲、鄭賡夫白人生對景須行樂、眼看春來春又歸、仝從下場門下

第七齣　施毒計撥蜂殺子　古風韻

旦扮王氏穿衫從上場門上唱

南呂宮引　生查子　無計展雙蛾。句　有事縈方寸。韻　拔去眼中釘。句　始解心頭悶。韻　中場設椅轉場坐科白　粧臺獨倚自沉吟暗地籌將巧計深謾道裙釵心太毒從來最毒婦人心妾身王氏前夫亡過復嫁鄭門我丈夫塡房娶我他前妻遺下一子我也得生一子我想這家私都該我兒承受只是前妻之子居長我兒年幼後來必落他手我丈夫出門踏青去了我如今心生一計待丈夫回來只說此子屢屢調戲於我若是丈夫不信着他在高樓上往下偷看那時我帶了此子往花園遊翫却將蜂蜜梳頭那蜂聞蜜味自然擁聚頭上他又是箇孝順的待他攘蜂之時我却抱住了他高聲喊叫調戲繼母他父親知道豈肯容情必然將他處死這家私豈不獨是我兒的了丫鬟那裏

雜扮梅香穿衫背心繫汗巾從上

場門上白　翠飾雙鬟主婦妬紅粧一面外人誇、安人有何吩咐、王氏白　我心中思想蜂蜜喫你可取些來、梅香應科從上場門下場上設桌椅桌上設粧奩科王氏白　好妙計、教他金風未動蟬先覺斷送無常死不知、梅香持蜜盞從上場門上白　蜂蜜到、王氏白　拿來你自廻避、梅香應科白　推尋花朵常偷懶代整雲翹慣獻勤、從下場門下王氏白　待我梳起頭來、作入桌將蜜梳頭科唱

南呂宮正曲　一江風

整烏雲。韻梳掠飛鴉鬟。韻比往日還淹

潤。韻這計如神。韻任爾心聰。句也被咱瞞隱。韻合我私心暗喜欣。韻私心暗喜欣。疊柔腸閒忖論。韻這大家緣再沒有他人分。韻外扮鄭尚義戴巾穿道袍從上場門上唱

又一體

杏花村。韻楊柳深遮隱。韻風外青帘引。韻翫芳辰。韻買醉花間。句休把餘錢吝。韻合看芳堤碾畫輪。韻芳堤碾畫輪。疊晴郊多麗人。韻那春遊的來往忙成陣。韻作進門相見科白安人、我今日郊外閒遊、果然好景

也、王氏白 好就罷了、告訴我做甚麼、鄭尚義唱

中呂宮正曲 駐馬聽 何事生嗔。韻 出語無端奚落人。韻 一霎裏 興雷作電。句 抹月勾風、讀 覆雨翻雲。韻白 想是丫鬟衝撞了你、王氏白 不是、鄭尚義白 想是鄰家有甚是非、王氏白 也不是、鄭尚義白 好奇怪、唱 想 從無憂戚到家門。韻 何由氣惱生閨閫。韻合 你明白云云。韻 把衷情細剖、讀 不須藏隱。韻 王氏唱

又一體 我 衷曲難陳。韻 又是羞慚又是嗔。韻白 你道我

爲何事煩惱、鄭尚義白你不說我怎麽知道、王氏白只爲你那前妻之子、唱他竟是枉居名敎。句空列衣冠讀不顧彝倫。韻鄭尚義白大孩兒平昔是箇孝順的、怎麽說不顧彝倫、王氏白我不說你怎得知道、他每日學館回來、遇你不在家、時時調戲于我、你道此事該不該、鄭尚義白有這樣事、還了得、王氏白我一向當他親子一般看待、唱只道他堂前問寢的意兒勤。韻白那裏知道、唱却想我房中侍寢的心兒忍。韻合說與伊聞。韻望早爲作主、讀 消除我恨。韻 鄭尚義白 安人事雖如此、常言耳聞是虛、目覩是實、我未曾親眼看見、難道就把箇孩兒處死了罷、王氏白 你不信、今日就與你箇眼見、你上高樓看定、我帶了此子、到花園中故意翫花、舉止動靜、便見虛實、鄭尚義白 說得有理、王氏白 你先上樓去、待我叫他出來、鄭尚義白 有理、要識其中故、只在望中看、果有調母意、難留在世間、從下場門下王氏白 千般惡計施、將中、一分家私占得成、丫鬟書房中請大相公出來、小生扮鄭賡夫戴巾穿道袍從上場門上白事親要是有愉色、爲子自應無怨言、小生不幸、生來命蹇、不料親娘早喪、我父復娶繼、作住口顧視科白我父復娶繼母、數年以來、並無二心、只因去年添了兄弟、後母慈心頓改、屢屢嗔嫌、咳、爲人子者、理當逆來順受、豈敢怨嗔、正是常辦一心孝父母、自有神明鑒察知、王氏白我兒、你父踏青未回、你可隨我到花園遊翫一番、鄭賡夫白母親請行、孩兒隨後、全作進園科王氏唱

商調正曲　黃鶯兒

春景日遲遲。韻趁東風步屧移。韻看千紅萬紫爭妍麗。韻燕兒正飛。韻鶯兒又啼。韻想這些有情花鳥也似知人意。韻合謾低回。韻怕封姨無賴。句偏向五更吹。韻場上設樓鄭尚義暗立樓上科鄭賡夫唱

又一體

母氏命追隨。韻向名園偶一窺。韻見百花熏得遊人醉。韻白呀怎麼有這些蜂兒、唱喧喧競飛。韻紛紛亂集。韻都來簇母烏雲髻。韻合我怎避嫌疑。韻想嫂溺手援。句事要用權宜。韻作攘蜂科王氏抱科白好嗄、長

子調戲繼母、鄭尚義急下樓隨撤樓科鄭尚義白 安人不要高言、我看見了、王氏作怒虛白從下場門下鄭尚義作打鄭賡夫科白 好畜生、我往日耳聞、未嘗實信、今在高樓親眼見你調戲繼母、鄭賡夫跪白 孩兒怎敢、鄭尚義白 哇旣讀詩書、豈不知三父八母、如此所爲、實乃禽獸了、鄭賡夫唱

仙呂宮正曲 桂枝香 嚴親聽啓。韻 容見剖理。韻 旣忝在達禮知書。句 又豈敢傷倫敗義。韻 鄭尚義白 旣不傷倫敗義、

爲何抱住繼母、鄭賡夫唱爲蜂簇母髻。韻爲蜂簇母髻。疊兒行孝意。韻欲將蜂攘退。韻合請思維。韻父母恩難報。句敢將名行虧。韻鄭尚義唱

又一體

畜生無理。韻不思孝意。韻鄭賡夫白孩兒舉手攘蜂、爹爹錯疑了、鄭尚義白依你之言、蜂擁母頭、舉手攘蜂、那羣蜂怎的不擁你、單擁你繼母、你還要强辯麼、唱算將來重罪難逃。句早一死無他可避。韻鄭賡夫白冤屈孩兒了、鄭尚義唱我越加怒起。韻我越加怒起。疊

難容在世。韻 汚名怎洗。韻合 試將伊。韻 早辨無常路。句
免人說是非。韻 鄭賡夫唱

又一體

這都是驪姬譖毁。韻 申生無罪。韻 兒縱然一死何辭。句 猶恐怕陷親不義。韻 鄭尚義白 這是我親眼見的、你還叫哭甚麽、鄭賡夫白 爹爹發怒、孩兒不得不說、娘親前番原有慈心、自去年生下兄弟、慈心頓改、只疼親兒、謀害孩兒、怕占家私、鄭尚義白 他纔生下幾箇月的孩子、就起這樣毒心、斷無此事、鄭賡夫滚白 爹爹不

信又道是畫虎畫皮難畫骨知人知面不知心爹唱你休得怒起韻你休得怒起疊恐人聞談議韻將這臭名遺世韻白還有一說唱合怕瓜稀韻而今一摘還猶可何屢摘應愁抱蔓歸韻鄭尚義作擲刀繩科白也罷這是刀一把繩一條憑你怎麼死任伊早赴無常路切莫貪生戀世間作怒科從下場門下鄭賡夫作哭科白老天原來父母一樣心腸只要我死常聞人言有繼母就有繼父了差矣父教子死兒有何辭爹爹只是孩兒死

在不明之地了、唱

南呂宮正曲　紅衲襖

都則爲我嚴親聽信了繼母言。韻頓把箇沒罪兒一霎裏性命捐。韻痛念親娘喪在前。韻滾白親娘生兒命蹇、不幸你早亡、若留得你在、孩兒焉有此禍、怎奈我繼母心毒、設計暗害、到如今父聽讒言、兒遭枉死、你在地府陰司、知不知時曉不曉、我的娘、唱你這苦命孩兒有誰保全。韻兒今一死無他戀。韻白我爹爹聽了繼母一面之詞、不肯細察情由、一怒將兒逼死、滾

白 虧你下得、爹兒今一死無他戀、唱 誰奉嚴親衰暮年。韻可憐我負屈含冤死訴無門。句 也。格 除是排空告上天。韻白 且住、既教我死、還在此啼哭怎的、爹娘孩兒就此拜別了、作拜別科唱

慶餘 兒今縱死心無覰。韻 這冤情自有蒼蒼知見。韻 新添箇屈死冤魂滯九泉。韻作刎死科丑扮書童戴網巾穿道袍繫鑾帶從上場門上白 大相公往花園內去了、特來請他喫飯、作進花園被鄭賡夫絆跌科白 不好了、

大相公不知爲何自刎死了、老員外有請、鄭尚義從上場門上白 怎麼說、書童白 大相公不知爲何自刎而死了、鄭尚義白 大相公自刎而死了、咳、我思之可恨、作悲科白 抑且可憐、過來、買口棺槨、殯殮了、他悄地撞出去埋了、若有人問、就說急病而亡、不可多言、如違重責、書童應科從上場門下鄭尚義白 兒、作住口顧視復哭科白 兒嗄、我爲父的豈不念父子之情、皆因你作事差池、

書童引雜扮院子戴羅帽穿道袍繫鑾帶虛白從上場

門上仝扛鄭賡夫屍從下場門下鄭尚義白這箇畜生、

一身縱死有餘辜、何用傷心多歎吁、過後不禁雙淚墮、

誰憐暮景入桑榆、作痛哭科從下場門下

第八齣　遇良辰對燕思兒　齊微韻

小旦扮金奴穿衫背心繫汗巾引旦扮劉氏穿氅從上場門上唱

雙調引　夜行船

寒暑相催人老矣。韻歎年華一去無回。韻暗裏思維。韻閒中算計。韻有事心頭縈繫。韻中場設椅轉場坐科白

日落西山又東起、人生命盡不能回、長江流水滔滔去、堪憐往事竟成非、向日聽我兄弟之言、勸

兒開葷兒若依從母子一同享用若不依從遣他出外經商一時之間追悔不及倏忽端陽節至好傷感人也

唱

中呂宮正曲 駐雲飛 夫主臨危韻也曾謹戒叮嚀子與妻韻又有遺囑存留記韻教我母子們是必休違背韻嗏格

起隨撤椅科唱 立誓對神祇韻滾白 夫妻已在五倫可憐易別難逢彼時見他言詞激切精神恍惚說道當日午時就要辭世頓使我柔腸百結心眼昏矇我與他骨

肉夫妻分離頃刻、那時節痛苦無休、還顧得甚麼後事、我只得立誓對神祇、唱 娘兒共意。韻我說道 若有開葷 讀 瞞不過天和地。韻白 今聽兄弟之言、一旦違却前盟、唱合好教我 反覆思量意似癡。韻全從下場門下副扮劉賈戴巾穿道袍持扇從上場門上唱

又一體 歲月遷移。韻 又見天中節序催。韻 照眼的 榴花麗。韻 插鬢的 釵符媚。韻 嗏。格 遊賞莫相違。韻 人生有幾。韻 豪飲千杯 讀 拚得沉沉醉。韻合 那 獨醒的 三閭終是

癡。韻作到叩門科金奴從上場門上虛白向內請科劉氏從上場門上作出門引劉賈進門場上設椅各坐科劉賈白端陽佳節、正是女歸母宅之節、父母雖然雙亡、你只有一箇兄弟、我只有一箇姐姐、前日遣人相接、爲何不回家去走走、劉氏白你外甥貿易去了、家下沒人、如何去得、劉賈白正是、外甥不在家、這就難怪了、向外白家童將節禮擡進來、劉氏白多承厚意、雜扮家童戴氈帽穿窄袖挑盒從上場門上作進門金奴虛白引從下場門下隨上家童作出門科仍從上場門下劉賈白知道姐姐還未開葷、送的是各樣鮮果茶食、望乞笑納、劉氏白生受了、金奴、看香茗筵席、金奴應科場上設席各坐科劉賈白這樣好時節、不喫葷、倒喫起清茶來、金奴向下取茗盞隨上定席科劉氏白端陽佳節實堪賞、日到中天美景長、劉賈唱

仙呂宮集曲 甘州歌 八聲甘州首至六句

中天景麗。韻看菖蒲杯泛。讀角黍盤堆。韻良辰歡宴。句好是連枝同氣。韻白向日聽

聞外甥經商去了使我大喜不消說了姐姐一定大開五葷前日人來回去報道姐姐還嚼麵觔不要錯過再莫發歎

唱 中山酒多千日醉 韻 塵世人無百歲期 韻 排歌

合至末句 覺今是 句 悟昨非 韻 及時歡樂是便宜 韻 須深信 句 莫更疑 韻 隨時享用好施爲 韻

劉氏唱 又一體 春光已早歸 韻 歎夏回秋盡 讀 冬寒雪飛 韻 痛想我那嬌兒在外 句 不知他身體安危 韻

劉賈白 我只道姐姐爲甚麼不展眉頭原來憂慮外甥你在闤闠之

中、那知外面光景、但見官道之上、來來往往、人如蜂簇、大江之中、上上下下、船似尾銜、那些人家中、豈無父母、只因士農工商、各治一業、若是都在家中坐守、成箇甚麼世界、俗語云、男兒往外、一出一貴、你且放心享用、常言道、兒孫自有兒孫福、莫爲兒孫作遠憂、唱 要曉得逢時對景應當喜。韻 何苦的懷遠思兒又復悲。韻 合 覺今是。句 悟昨非。韻 及時歡樂是便宜。韻 須深信。句 莫更疑。韻 隨時享用好施爲。韻 劉賈起科白 收了罷、金奴應科隨撤席設椅各坐科劉賈白 姐姐、我有一椿事情、要與姐姐商議、劉氏白 有何事情說來、劉賈白 姐夫在日、多蒙借銀三百兩、竟不要利息、自從販買木料來家、未曾賣盡、困住本銀、是我攢積了三百兩、正要送還姐姐、怎奈目下有人邀我前往金陵販買羅緞、我自已懶去渡江涉水、欲遣僕人前去、只存這箇三百兩銀子、不彀運轉買賣、欲求姐姐再借二百、兄弟寫得有五百兩文約在此、貨物回來就還、但不知姐姐意下如何、劉氏白 但不知幾時要、劉賈白 就是今日請收文約、劉氏白 不收文約金奴你去取來、金奴應科從上場門下劉賈白 多蒙姐姐看顧兄弟無可報答只勸姐姐早開五葷朝朝享用這就是兄弟一點敬心、劉氏白 兄弟好言相勸若非姐弟之情誰肯爲我、金奴持銀從上場門上白 銀子有了、付劉賈科劉氏白 好生收下、劉賈白 是告辭了、劉氏全唱

【慶餘】光陰迅速似東流逝。韻 及早開葷莫待遲。韻 須信

道佛老虛無從今後休再提。韻劉賈作出門劉氏金奴

作送科虛白從兩場門各分下

勸善金科第三本卷上

第九齣　李𡌀閒害命謀財　蕭豪韻

末扮黃彥貴戴巾穿道袍繫鑾帶從上場門上丑扮興兒戴網巾穿窄袖繫搭包負包持傘隨上黃彥貴白

貿易他鄉絕故交，登山涉水豈辭勞。只因爲覓蠅頭利，歷盡風霜途路遥。老漢姓黃名彥貴，河南歸德府人氏，貿易營生。自從去年與夥計李文道往南昌府販賣貨物，且喜財源茂盛，獲利數倍。如今着夥計李文道押着貨物在後面，我先到前面來找尋客店安歇。不想行到這裏，忽然下着這等大雨，將我滿身衣服盡皆淋濕，如何是好。興兒白老爹且作緊行幾步，倘能尋得一箇所在避雨一回纔好。黃彥貴白遇此傾盆大雨，淋得滿身皆濕，如何是好。唱

黃鐘調套曲醉花陰無奈這驟雨盆傾勢非小。韻一霎裏渾身寒峭。韻我盼宿店似天遥。韻看烟靄遠鎖林皐。韻濕淋淋偏是這衣單薄。韻這苦兒最難熬。一步步行泥淖。

韻作跌倒科輿兒扶起科黄彦貴唱 又不防滑跌了。韻

輿兒白 這雨下得越大了、有箇小廟、待我叫開廟門、且進去避避雨、再作道理、黄彦貴白 快些叫門、輿兒作叩門科白 裏面有人麽、雜扮廟祝戴道巾穿道袍繫絲縧持拂塵從上場門上白 古廟無人至、荒村少客臨、作開門相見科白 這般大雨、却是那裏來的、黄彦貴輿兒作進門科白 我們是遠方到此、爲因遇這大雨、難以前行、特地驚動、借此避雨的、廟祝白 原來爲此、輿兒放包褁

傘科黃彥貴白 此處雖能避雨、但我渾身盡被雨淋透、有些增寒負冷起來了、怎麼處、廟祝白 想是着了雨了、待我燒些熱水起來、與你老喫些就好了、請坐坐、待我去燒來、黃彥貴虛白科廟祝從下場門下場上設椅黃彥貴坐科白 我這一會好難禁受也、與兒白 且耐煩些黃彥貴白 我想萬一病倒了、怎麼處、唱

黃鐘調 喜遷鶯 套曲

客途中倩誰人醫療。韻倍淒涼古廟蕭蕭。韻暈也波度。韻端只爲風寒感冒。韻不由人心中添

煩惱。韻不由人不雨淚拋。韻喘吁吁魂飛膽落。韻撲騰
騰肉顫身搖。韻

黃鐘調出隊子套曲 似這等病魔纏擾。韻越教人沒着落。韻
一會價陰陰的腹內似錐刀。韻一會價烘烘的渾身似
火燒。韻一會價栗栗增寒似水澆。韻興兒白你老人家
又是寒冷又是發燒、莫不是瘧疾、黃彥貴作悲科唱

黃鐘調刮地風套曲 噯呀。格病裏有何人來治調。韻妻和子
水遠山遙。韻白興兒此時的雨、可不下了、興兒白雨已

住了、黃彥貴白你可扶我到廟門口去望一望、與兒應科作扶黃彥貴出廟門科黃彥貴唱我欲待慢悄悄步出古神廟。韻我與你把夥計盼著。韻且轉過簷角。韻覺昏沉剛闖闥。句把門兒靠。韻作跌倒科唱只道門兒緊閉着。韻原來是不堅牢。韻靠着時呀的開了。韻滴溜撲生生的喫一跤。韻廟祝持茶從上場門上白老人家、怎麼跌倒了、待我挈你扶起來、全與兒扶黃彥貴起進門坐科廟祝白小哥、你可好生看守着這老人家、我到後

村裏去將化下的米糧取了來、興兒白你可就回來、廟祝虛白作出門科從下場門下黃彥貴白這一回更加難過如何是好、唱

黃鐘調套曲

四門子

這的是嚴霜偏打枯根草。韻正跌着我這殘病腰。韻一會價疼。句一會價焦。韻心兒裏不住的多煩躁。韻願疾病兒除。句災禍兒消。韻我向神靈前禱告。韻起作拜叩科與兒虛白作扶起仍坐科副扮李文道戴氈帽穿窄袖繫搭包從上場門上白欲圖生富貴、

須下死工夫自家李文道一向與黃彥貴做摯手夥計近日在南昌生意賺取十倍之利好不眼熱我只賺他些少勞金何年發跡我今思想在這路途中害了他的性命豈不是好他如今着了雨想必在這小廟中等我有了我如今不免將馱子打發過去備得砒霜在此正好下手騾夫快將馱子趕上雜隨意扮四騾夫牽馱仝從上場門上李文道白你們可催着馱子在前面新豐鎮蔣家店裏等我騾夫應科仝從下場門下李文道白

不免逕入、作進門科黃彥貴作顛狂科白不好了、催命
鬼來了、我是不跟你去的、李文道白財東是我在此特
來尋你、一同前去做生意休得胡言亂語、黃彥貴唱
黃鐘調套曲　水仙子　呀呀呀。格祆神廟。韻諕諕諕。格諕得我
戰戰驚驚魂蕩搖。韻您您您。格您可將紙錢兒忙來弔。
韻莫莫莫。格莫不是催命鬼來到。韻慌慌慌。格慌的俺
躲藏着。韻李文道白財東、你怎說這些諢話、我因馱子
走得慢了、落在後面、如今來看你、黃彥貴唱他他他。格

他走將來展脚舒腰。韻俺俺俺。格仔細的。讀審覷觀容貌。韻作見李文道科唱是是是。格是夥計。讀落後今來到。韻請請請。格請免拜波李文道。韻白夥計、我方纔行來、遇了大雨、感冒風寒、身子不爽、怎麽處、李文道白財東、敢是連日行路辛苦了麽、黄彦貴唱

黄鐘調套曲　寨兒令　也不是昨宵。韻則這今朝。韻李文道作背科白妙嗄、正好下手、黄彦貴唱被風寒雨濕侵着。韻

李文道白我前者在南昌、恐怕路途間風寒感冒、贖得

一服藥在此、作向懷中取藥科向興兒白 我在此照看着財東、你可去催取後面馱子、快些來罷、興兒白 曉得、你可好生照看老人家、李文道白 不妨、有我在此、興兒白 一心忙似箭、兩脚走如飛、作出門科仍從上場門下

李文道作調藥科黃彥貴白 夥計、我不喫藥罷、李文道白 喫些藥、發散發散、就好了、黃彥貴作飲藥發躁科唱

我嚥將下去似熱油澆。韻烘烘的燒五臟。句滾滾的燎三焦。韻白 夥計、唱 敢不是風寒藥。韻作腹痛散髮撲跌

氣絕科李文道白　好了、且喜將他藥死、此時興兒想尚未到、我且收拾他身邊的東西便了、作搜取包裹銀兩科廟祝負米仍從上場門上白　心慕桂史、行同仲由、作進門科白　阿呀、方纔這箇老人家、爲何七孔流血而死、莫非中了毒藥了麽、李文道白　廟祝、不要驚慌、有箇緣故、廟祝白　你是何人、因何到此、李文道白　不要說起、我是他的夥計、爲他冒雨前行、我在後面押着貨物、方纔找尋到此、那知他就七孔流血、跌倒在地、廟祝、你來得正好摯我將他撞過一邊、廟祝仝李文道扛黃彥貴屍從下塲門下隨上廟祝白　他方纔還有一箇家人往那裏去了、李文道白　他催馱子貨物去了、就來的、廟祝白　如今這屍首在我這廟中、怎麽樣處、李文道白　廟祝我今急去買口棺木盛殮、但是遭遇你廟中、自當相謝、決不有累、廟祝白　既是這等、快去買口棺木就來、李文道白　這箇自然、作出門科白　這宗財物、巳曾竊取、此時不走、更待何時、雙手劈開生死路、一身跳出是非門　從下塲門急下廟祝作出門看科白　好奇怪這箇人若是他的夥計爲何這等慌張而去不好這箇意思竟是他把這老頭兒藥死了他只說去買棺木想必是逃走去了且住倘然那箇家裏人轉來看見他主人七孔流血而死我將何抵對他罷我這小廟總是一無所有我躲到親戚家住着打聽事情完畢了再到廟中來便了正是睛乾須走路莫待雨臨頭從下塲門下輿兒仍從上塲門上白　事不關心關心者亂可笑李文道使我空走許

多道見、我迎上有十數里、不見馱子踪影、問問人、都說見有四箇馱子、早已往前面新豐鎮去了、我且回到廟中去、看取主人、可好些麽、這裏是了、作進門科白 我主人那裏去了、作見黃彥貴屍科白 爲何我老主人七孔流血、竟死在這裏、好奇怪、廟祝廟祝也不見了、是了、這分明是李文道、將毒藥藥死、先將馱子貨物打發過去了、李文道你這狗男女、好生狠毒也、我如今暫將主人屍骸遮蓋、急下作遮蓋屍科隨上白 待我趕上去、叫破

地方告到官司、不怕他不替我主人償命、作出門科白
地方聽者、李文道藥死我主人、不要放走了兇身、雜扮
地方總甲各戴氊帽穿道袍從上場門上分白　地方攬
事鬼、總甲賺錢精、與兒叫屈科地方總甲白　小哥、你主
人是何姓名、今被何人謀死、我們乃是此處的地方總
甲、快快說明始末情由、與兒白　我主人叫做黃彥貴、被
夥計李文道謀財害命、將毒藥藥死了、地方總甲白　你
主人既被那李文道害死了、你就不該將李文道放走

纔是、如今到那裏去拿他、興兒白我方纔打聽、說馱子在前面新豐鎮上、想他打點馱子上財物、再不往別處去的、地方總甲白既是這等、我們一同前去拿取這厮便了、各虛白科全從下場門下

觀善全稿

第三本

第十齣　臧通判因事納賄　家麻韻

雜扮二皂隸各戴紅氈帽穿箭袖繫皂隸帶持刑杖小旦扮門子戴小兒巾穿道袍引丑扮臧霸戴紗帽穿圓領束金帶從上場門上唱

越調正曲　趙皮鞋　我做府三衙。韻三載淸官只做得半萬的家。韻堂尊比我更堪誇。韻合捲盡地皮只消年半把。韻

場上設公案桌椅轉場入坐科白　自家姓臧名霸、河南

府通判是也到任三年且喜財星高照官運亨通也算得會賺銅錢銀子勾哉箇是囉哩說起新來介一位堂尊比我更兇十倍箇箇地方上有利息勾事務沒得一件瞞得過哩我哩姜要下手咈想道銅錢銀子已經到子哩箇靴桶裏去哉故此城裏勾事務直頭輪我勾衙門咈着只得借箇題目下鄉去走走收幾張狀子賺點七銅八鐵也是好勾我箇大像踱到隔哩竟冷靜得勢並沒得有啥人來告狀噲你厺做衙役勾也該拿勾放

告牌扛出去、到各處去兜攬兜攬、弄幾張狀紙、我好出

票差你去、作成你去發點小財、 二皂隸白 告狀的倒有

只是題目大些、 臧霸白 是椿傢勾事體、 二皂隸白 是一

椿謀財害命事、 臧霸白 你去且說來我聽聽看、 二皂隸

白 有一箇做客商的、來到這裏五道廟中避雨、被同行

夥計藥死了、他將他的財物取去、有跟隨家人與兒呌

破地方、就要到堂上去出首了、 臧霸白 啐你去才是喫

糧勿管事、勾我老爺此來、所爲何也嗄、既有箇樣好事

體你厺就該去兜攬哉只要賺一注大大的肥錢管渠儕勾人命勿人命只是一說勿要不拉太爺得知子亦要切子我勾稻枝頭去 二皂隸白 老爺放心太爺往省城去見上司去了這注肥錢是老爺穩穩賺的 臧霸白 妙我老爺若發子大財自然也要賞你厺勾 作出票科白 你厺快點拿子牌票去捉兇身勿要不拉地方總甲弄子鬼勿來遞狀紙 一皂隸接票科白 小人聽得地方總甲同輿兒俱在新豐鎮蔣家店裏說合此事專候老

爺出票以便前去拘拿到來自然有孝敬的、臧霸白旣然是介即速拿來要緊、二皂隸應科臧霸白你去聽我說、唱

正宮正曲 四邊靜 見他莫把威風誆。韻鄉民易驚怕。韻騙得那錢財。句狀詞且放下。韻合題目要大。韻虛詞要架。韻只說伸寃枉。句又莫說實話。韻二皂隸應科白我們竟到新豐鎮、蔣家店裏去拘拿兇身便了、仝作出門科從下場門下臧霸起科白但願金銀入我袖、明朝准備祭

財神、從下塲門下門子隨下雜扮地方總甲各戴氈帽穿窄袖繫搭包丑扮興兒戴網巾穿窄袖繫搭包全從上塲門上地方總甲白　李文道快走出來、副扮李文道戴氈帽穿窄袖繫搭包從上塲門上白　我巳經被你拿住了、還怕我逃走麼、地方總甲白　李文道、你好不曉事、我們用情、不把繩來套住你、由你自在、你可知道這箇意思麼、李文道白　我知道、作付銀科白　這是白銀四兩、送與各位買杯茶喫、若是完了官司、還要重謝、地方總甲接銀虛白科與兒白　這是箇兇身、你們不要得錢賣放了、李文道白　小哥、你與我結什麽冤家、你若不去告我、情願送你銀子、做些生意、豈不快活、與兒白　說那裏話來、二皂隸持票從上塲門上白　緝獲兇身、犯官法、豈容情、來此已是蔣家店、夥計、我們一同進去、作進門科白　那箇是李文道、地方白　他就是、二皂隸作鎖李文道科李文道白　二位不必如此、若得容情、我自有道理、只是與兒在此、不好講話、與兒白　你們旣是奉公差遣來捉兇身怎麼交頭接耳我是斷斷不肯干休的二皂隸白他是箇謀財害命的重犯我們怎敢容情只是你既要去告那狀子可會寫下麼與兒白我又不會寫字如今這狀子教我煩誰去寫二皂隸白一些也不難如今我們三府臧老爺現在鄉中察訪民情你可同地方總甲先去告我們鎖了兇身隨後就來聽審便了與兒白既如此全仗二位向地方總甲白就煩各位領我去告狀地方總甲與兒各虛白作出門科仝從下場門下二

皂隸白　如今與兒去了、你有甚麼話講、李文道白　這樁事、我夥計黄彥貴、原是風寒病死的、與我無干、若得臧老爺做主、二位扶持、我情願將銀一千兩、孝敬老爺、你們二位、各人二十兩、如今就送、唱

仙呂宮正曲　六么令　將銀兌下。韻　到晚來擡進官衙。韻　足平足色敢爭差。韻白　你們二位呵、唱　四十兩、讀　不虛花。韻

二皂隸白　既然如此、就將銀子擡到老爺那裏、我們老爺見了銀子、自然替你出力、李文道白　銀子現有、就請

二位到寓中去、〔二皂隸白〕這事在我二人身上、〔唱合〕管敎免究情由罷。〔韻〕管敎免究情由罷。〔疊〕〔各虛白作出門科全從下場門下門子引臧霸仍從下場門上白〕做官莫愁小只要錢到腰我爲五道廟裏箇椿人命已經差子皂隸去捉攬哉且喜地方總甲先將原告與見送到亦說兇身李文道已經不拉皂隸拿住哉隨後就來聽番眼見得箇宗公案落拉我手裏這注肥錢是穩穩裏要裝入我的皮廂內勾哉我方才將與見押拉去班房裏且等皂隸居來再作道理、入坐科二皂隸全從上場門上虛白作進門科臧霸白你厺所幹勾事務那亨哉、二皂隸白老爺在上、皂隸們去捉兇身李文道他說夥計病亡不過是風寒感冒情願孝敬老爺白銀一千、只求免究情由、老爺豈不是財星入照、臧霸白佳子、你厺說偺一千兩銀子難間拉厺囉哩、二皂隸白現放在班房中、那李文道已在外廂聽候發落、臧霸白妙銀子巳經到子手哉、好會幹事、介沒帶勾與兒李文道過來讓我老爺當堂明斷、二皂隸應科白　老爺吩咐帶興兒李文道當堂聽審、地方總甲帶興兒李文道仝從上場門上興兒白　爲主報深讐、李文道白　全憑白鏹求、地方白　地方與總甲、總甲白　都要覓蠅頭、仝作進門興兒李文道跪科臧霸白　地方總甲外頭去伺候、地方總甲應科作出門科仍從上場門下臧霸白　帶興兒上來、一皂隸白　興兒當面、臧霸白　興兒我看你狀紙上勾情由竟有點勿實說話裏也有點縴腔、到底你丟主人那亨死勾、從實說答來、興兒白老爺、我主人黃彥貴、與李文道合夥經商、那日天色傍晚、李文道在後面管押馱子、我主人先往前行、找尋客店、一霎時傾盆大雨、我主人呵、唱

仙呂宮正曲 玉胞肚 難禁雨打。韻濕衣衫寒增冷加。韻五道廟權作棲身。句可憐他命掩黃沙。韻

贓霸白或者你去主人、受了點風寒、只怕是烏沙脹列死勾、興兒白老爺、我主人雖然有病、未必就死、只因李文道來到廟中、見我主人有病、他就哄我出去、催趕後面的馱子、小的即

時往後面迎去、走了半日、並不見馱子、只得沿途打聽、誰知那四箇馱子、他先已打發過去了、小的仍回廟中、來看主人、只見七竅流血、死在地下、身邊財物、竟被李文道竊取而逃、老爺嗄、唱合分明毒藥將主人殺。韻把馱子金銀一剗拿。韻臧霸白你勾說話是一面之詞、到底含糊、且下去、興兒應科臧霸白帶李文道上來、一皂隸白李文道當面、臧霸白李文道、那興兒告你謀財害命、你可有什麽辨、李文道白老爺、小的與黃彥貴合夥

經商、情同管鮑、那日途中遇雨、黃彥貴感冒風寒而死、
不想與兒誣陷小的謀財害命、唱
又一體 恩官細察。韻 這處詞憑空頓加。韻 念小人是本
分經商。句 焉敢將夥計謀殺。韻 贓霸白 是哉、箇箇黃彥
貴死拉廟裏、只有與兒跟拉去、箇箇與兒恐怕人命重
情、連累着子渠、爲此誣告你哉、阿是、李文道叩頭科白
好箇青天老爺、實是片言折獄、贓霸白 帶與兒上來、二
皂隸帶與兒跪科贓霸白 與兒、我看你小小里勾年紀、

只要出脫自家勾干係、竟勿管入人家勾死罪勾、也罷
且喜遇着我箇樣明見萬里勾好老爺、讓我做箇方便
只斷你丟主人因病身亡、與你無干、箇是我老爺愛民
息訟勾好意思、唱合 訟庭無事莫輕踏。韻 這息訟的清
官 你要感激咱。韻 與兒白 老爺、這明明是李文道將毒
藥謀死的、如何不叫他償命、臧霸白 哇箇小奴才、介 可
惡我老爺好意出脫你勾干係、你反要與詞涉訟拉下
去重打三十、二皂隸作打與兒科 臧霸白 若再要放肆、

這黃彥貴、一定是你謀殺的、我姑不深究、李文道、你與他夥計一塲、買口棺木、同地方總甲、去殯殮了他、你也離了此地、往別處去罷、李文道白　多謝老爺天恩、二皂隸作帶興兒李文道出門科　興兒李文道虛白科仝從下場門下　二皂隸白　老爺今日審事、比前越明白了、臧霸白　也罷了、箇是鐵案如山、斷獄勾手段、你丟到班房裏去、擡子銀子來、二皂隸應科向下扛銀隨上　臧霸起虛白取銀作看科　二皂隸白　恭喜老爺發財、這宗銀子

呵、唱

仙呂宮正曲　皂羅袍　不比尋常財發。韻　若將來置產、讀　有一世豪華。韻　白　小的們呵、唱　無功不敢擅爭誇。韻　但憑恩主全收納。韻　臧霸白　箇星奴才、說勾好巧話、我弗全納、難道分點拉呸厺弗成、唱合　我生財妙手。句　從來會抓韻　豈仗犬牙鷹爪。句　纔能作家。韻　不須占得求財卦。韻　白　說便是介說、也區子你厺讓我拿點出來、賞勞一賞勞、作取銀欲咬科　二皂隸虛白科　臧霸白　每人一塊飛

邊有一錢多重厾拿去買烟喫子罷 二皂隸白 忒重了
小的受不起繳還老爺 臧霸白 我箇一次出手原重子
點只是難爲子你厾過意弗去故此破子箇例也罷拿
子一塊來拿一塊賞拉㕶厾使受者不致傷廉與者也
不致傷惠箇叫做君子愛人以德 二皂隸白 無功不敢
受祿繳還老爺 臧霸白 是介說嘿我竟從直哉介嘿讓
我歸入原封嗆皂隸我今日斷事可謂明見萬里 二皂
隸白 實是利析秋毫 各隨意發諢科 二皂隸全從上場

門下臧霸門子作扛銀仝從下場門下

第十一齣　饞嫗垂涎動殺機　齊微韻

旦扮劉氏穿氅從上場門上白

坐覺殘春一擲梭槐風天氣正清和年年嘗盡清齋淡渴想人間美味多場上設桌椅轉場入坐科白老身終日持齋念佛是何了期吾想人生世上眞如白駒過隙須要及時尋樂偏是老身佛門清苦孩兒又不見回來寂寞晨昏誰供甘旨想起來好悶人也唱

黃鐘宮正曲　絳都春序

庭槐影裏。韻 見呢喃燕兒、讀 樓陰掠尾。韻 出壘將雛。句 舉翅飛翔渾自喜。韻 忽然引我愁懷起。韻 堪自惜韶華憔悴。韻合 膝前兒去。句 閒依佛子。讀 有何滋味。韻 小旦扮金奴穿衫背心繫汗巾捧素食從上場門上白 香飯盛來鸚鵡粒、清茶擎出鷓鴣斑、安人請用早膳。劉氏白 金奴、依常茶飯、我那裏去想他、你自拿去便了。金奴作送下素食科隨上白 安人、為何這樣愁悶。劉氏唱

又一體

堪悔。韻 伊休提起。韻 我淚點先流。讀 心兒都碎。韻金奴白 安人畢竟爲着那一件來、劉氏唱 爲子母經年。句 阻隔雲山魂夢繫。韻 晨昏若箇供甘脆。韻 我難受僧厨風味。韻合 昔年何事。句 肯修苦行。讀 把人憔悴。韻

金奴白 老安人既是這般憂悶、何不到庭前閒步一回、劉氏出桌隨撤科白 金奴隨我來、爲憶嬌兒日夜啼、王孫一路草萋萋、杜鵑聲裏綠陰滿、內作響聲科劉氏白 甚麽東西落將下來、金奴白 是老燕引雛飛去、落下的

燕泥來也、劉氏白　又見空梁落燕泥、燕燕兒我那裏及得你母子雙飛這等灑樂、唱

黃鐘宮正曲　出隊子

門閭空倚。韻　聆斷嬌兒甚日回。韻　空羨他靈禽母子共巢棲。韻　不解人間愁別離。韻合　怎不教人、讀日夕怨悲。韻　場上設椅劉氏坐科金奴唱

又一體　且安人休憶。韻　那飛鳥同羣也有別離。韻白　老燕呵、唱　銜泥哺子幾多時。叶白　小燕呵、唱　長大毛乾各自飛。韻白　老安人請自細思、唱合　要解愁煩、讀須是劇飲

數杯。韻劉氏白　金奴、好箇劇飲數杯、吾原知念佛持齋、有何好處、只是花園立誓、更兼員外臨終囑咐、教我母子持齋、不可違誓言、猶在耳、今日飲酒開葷、雖是小事、怎敢有違員外之命、金奴白　安人、有甚麼不敢、員外已經去世、那箇來責備你、據婢子看來、菩提明鏡、總是虛幻、難道世間喫齋念經的、箇箇做活佛、不成、只怕西天也着落不得許多菩薩、倒不如及早歡娛、現前受用、千歳藏、百藥長、要覓取天上仙醪、白鳳臛、青龍羹、廣搜那人間異味、眞箇快心適口、却病延年、這不是享生人的眞福麽、清茶淡飯裏許多窮漢、未見白日昇天、只落得一味苦楚、老安人、請自三思、劉氏白 金奴、吾聽你這篇說話、眞是一聲棒喝、立地回頭、把我滿天愁霧、掃得風清月朗了、唱

黃鐘宮正曲 侍香金童 今日夢纔醒。句 往事眞無謂。韻 念盡南無大悲。韻 贏得兒夫年壽摧。韻 佛龕中一盞琉璃。韻 鉢盂問幾斷酸虀。韻 這便是苦海疑城愁塊壘。韻 金奴

仝唱合金經束起。韻木魚丢起。韻向花前滿泛金巵。叶

金奴唱

又一體

攜酒向花前。句消遣愁滋味。韻迅速流光箭飛。韻新綠池塘紅又稀。韻儘歡娛弄盞銜杯。韻謾蹉跎落月斜暉。韻白況小官人呵、唱少不得指日征鞍歸故里。韻劉氏仝唱合將憂變喜。韻逢場作戲。韻命東厨切膾烹鰲。韻劉氏白金奴今日當眞要飲酒開葷了、作喜科白既如此喚安童來多買些犧牲蓄養好備割烹進膳、

金奴應喚科小生扮安童戴羅帽穿屯絹道袍繫縧帶從上場門上白 終日清齋難度日、一壺濁酒又賒來、金奴姐、安人喚我、有何吩咐、金奴白 安人今日開葷了、喚你買犧牲去、安童作喜科白 好也、怪道五臟神、今朝在肚子裏亂跳起來、少不得殘杯冷炙、我和你兩箇受用的了、劉氏白 安童快來、安童應科劉氏白 金奴、取銀子來、交與安童去買犧牲、金奴應科向下取銀隨上付安童科劉氏白 你去快來、安童應科作出門科從上場門

下劉氏起隨撤椅科唱

慶餘　年年喫盡酸辛味。韻金奴唱今日花前拚醉。韻劉氏白金奴、唱我與你要換那斷菜殘虀癟肚皮。韻仝從下場門下

第十二齣　讐人結果消寃忿

古風韻

生扮陳榮祖魂戴巾穿道袍從右旁門上白

善惡終須報，只爭早與遲。自家陳榮祖，被張捷謀死獄中，㷀㷀怨鬼，告理陰司。閻君吩咐，說有証方可審理。我不免拘了張捷的魂靈，去對理便了。凡事勸人休碌碌，舉頭三尺有神明。

從左旁門下雜扮二兵丁各戴鷹翎帽穿箭袖卒褂仝從上場門上分白

家貧生淚子，世亂

出宄人、爲這李希烈朱泚作亂奸細甚多、奉李老爺之命、教俺們沿途訪緝、哥我與你或在人烟鬧處或在荒僻地方、用心訪察便了。仝從下場門下淨扮張捷戴紗帽穿圓領束金帶從上場門上唱

高大石調正曲雙勸酒　本爲細民。韻　一朝投順。韻　今爲大人。韻　十分親信。韻　算　當初行宄紮囤。韻　合　到如今出類超羣。

韻白　禍福無常、窮通不定、我張捷家貲百萬、遠近聞名、因李希烈擁兵叛了朝廷、要拿富民助餉、我只得捐助

了他十萬銀子、那李希烈被我一陣局哄、他說我堪宜重用、便授我叅謀之職、不知我張捷命裏竟該做這箇反叛的官呢、又不知反叛的官還容易得做、怎麽平白地就這樣紗其帽而圓其領腰其帶而皂其靴、列位請看我戴紗帽、著圓領、腰束帶、足登靴、好不樂殺我張捷、也只是一件、我那十萬銀子也不知窮了多少人家、害了多少陰隲、豈是容易掙來的、且住、我如今奉了軍令、到靈武打探大唐信息、又有私書與李懷琳、教他看便殺了主將、以爲內應、只是還有可慮之處、我那汴州鄉民、連年被我逼得窮苦萬狀、都去投充招募當兵、萬一遇見、如何是好、不妨、想我既做了官、自有神明保佑、也顧不得許多、只得探望消息、以立軍功、正是欲求生富貴、須下死工夫、從下場門下丑扮周大戴氊帽穿喜鵲衣繫腰裙從上場門上唱

又一體

身無半文韻　誰來親近韻　要去投軍韻　又無引進韻　只爲咱一時命窘韻合　到如今進退無門韻白　我

周大、好好一箇人家、被張捷那厮、一陣盤算、弄得精光、我的妻子被他都占去了、那曉得他竟在李希烈處、助取餉銀十萬兩、竟做了箇叅謀、目下聞得差他潛往靈武、探聽軍情、被我一路跟他到此、等他到得城市之中、那時吽破地方、將他拿住、方消我向日之恨、兼爲進身之路、有何不可、遠遠望見張捷來了、我且躲在一邊、等他來時、再作道理、作暫避科張捷換氊帽窄袖繫鑾帶從上場門上白　狠顧多疑慮、狐行更怯驚、周大作捉住

張捷科白有賊、地方快來、張捷白周大哥、你爲何這樣大驚小怪起來、周大唱

南呂宮正曲　恁麻郎　恨殺你行爲太忍。韻恨殺你心腸忒狠。韻向顯爲剝民的惡人。韻今僞授從賊的叅軍。韻合我寃當雪。句屈要伸。韻和你向當官去理論。韻張捷白周大哥、唱

又一體　我和你同鄉最親。韻我和你交情甚殷。韻又何苦寃屈我好人。韻又何苦誣陷我平民。韻周大白你現

做叛賊的奸細、還說是冤屈你、唱合我冤當雪。句屈要伸。韻和你向當官去理論。韻各虛白科全從下場門下

生扮裨將戴小頁巾穿箭袖繫鑾帶佩刀從上場門上

唱

雙調引 夜行船 夢裏依然落魄形。韻頓生歡美滿前程。韻

中場設椅轉場坐科雜扮四軍士各戴鷹翎帽穿箭袖繫鑾帶佩刀全從上場門上唱 無限淒凉。句幾番悲哽。韻總是當場幻境。韻場上設椅各坐科雜扮四兵丁各

戴鷹翎帽穿箭袖卒褂從兩場門分上裨將白　自家係汴州百姓、爲年荒歲歉、不能過活、只得投軍、恰有李希烈反叛、只因俺屢建軍功、蒙李令公題爲裨將之職、我想一介孤貧、自分永無見天之日、誰知頓拔汚泥之中、竟致靑雲之上、四軍士白　主將、我們受盡汴州張捷凌辱、如今雖得安身之所、只是家中妻子、尚然凍餒、難以度日、如何是好、裨將白　我們且自勉力功名、上天自然與我們好處、雜扮兵丁戴鷹翎帽穿箭袖卒褂從上場

門上白　有事忙傳報、移步進軍營、作進門科白　稟老爺、有奸細二名、現在門外、裨將白　既係奸細、事關重大、快帶進他來、兵丁應作向下喚科雜扮兵丁戴鷹翎帽穿箭袖卒褂帶張捷周大從上場門上作進門跪科二兵丁隨從上場門下裨將作見張捷怒科白　原來就是你這狗頭可見天網恢恢、疎而不漏、今日也有狹路相逢的時節麼、唱

中呂宮正曲　尾犯序　一見怒懷增。韻　當年受你讀　無限欺凌。

韻巨浪驚波、讀比我恨難平。韻畢竟。韻你道我黃泉下等。韻那曉我青雲上騁。韻合思量起。句心酸悲痛不覺淚盈盈。韻張捷白將軍、小的那時、原不要準折你的家財、都是我家的惡奴張旺不好、四軍士白狗才、那時我們到你家糴米、你親自開倉、十兩一石、一斗只糓八升、動不動還要打、那一方的百姓、誰不恨你、還有那陳秀才、你要謀他妻子、將他誣陷爲李希烈奸細、送入獄中害死、可憐他母老家貧、妻兒無靠、若不是傅長者救援、你還要逼他妻子爲妾（周大白）我周大聽得衆位言到此處不覺酸心起來將軍想我們那數村之中爲他吞噬至今這些居民逃散將軍他助李希烈餉銀十萬兩做了叅謀要去打探軍中信息被我一路跟到此處吽破地方拿來見將軍不想都是一州的被害之人可見天網恢恢也（裨將白）張捷你這狗才向日誣陷陳秀才是李希烈奸細你今日果然自做李希烈奸細也（四軍士白）主將我們若解他到元帥處去恐怕途中有失他

既做李希烈的奸細、這周大是証見、不如就在此處、將他剝去衣服、弔在樹上、用彈打死便了、周大哥後面少待、周大應科從下場門下裨將白 夜不收、此間有一顆大樹、將此賊弔在樹上、用彈打死便了、衆兵丁應科各起隨撤椅科裨將四軍士向下取彈弓佩彈囊隨上衆兵丁作捉張捷剝衣作弔起樹上科衆全唱

黃鐘宮 三段子 正曲

惡貫滿盈。韻 怎輕輕放過殘生。韻 角弓亂鳴。韻 看彈發似一天曉星。韻 奸徒枉把機謀逞。韻 今

朝斷送爭俄頃。韻合得報雪深讐讀怒氣稍平。韻作打死張捷科四兵丁解繩扛張捷屍從下場門下陳榮祖魂捉雜扮張捷魂戴氈帽搭魂帕穿喜鵲衣繫腰裙從下場門上遶場從右旁門下裨將白奸賊已死、忽然一陣旋風、想是怨鬼、拿他魂魄去了、我們將此事詳明上司、並帶周大去作証、便了、饒你窮兇奸似鬼、四軍士白難逃王法凛如霜、仝從下場門下

第十三齣　退善心先拋佛像　古風韻

旦扮劉氏穿氅從上場門上小旦扮金奴穿衫背心繫汗巾隨上劉氏唱

仙呂宮正曲　皂羅袍

檻外蜂喧蝶攘。韻那綠陰深處讀鶯語聲長。韻荷花鮮艷滿池塘。韻遊魚戲水紛來往。韻合長江後浪。韻催前甚忙。韻人生世上。韻新舊更張。韻須知老去無回向。韻中場設椅轉場坐科小生扮安童戴羅

帽穿屯絹道袍繫鑾帶從上場門上虛白作進門科白

告稟安人、安童到街市上去、買得猪羊鷄鵝等物、俱已齊備了、劉氏白知道了、安童從下場門下中場設香案帳幔桌上掛三官堂匾左邊設香案帳幔桌上掛觀音堂匾右邊設香案帳幔桌上掛樂善堂匾劉氏起隨撤椅科白金奴、既是開葷、家中神圖佛像、須要捲起、金奴白正該捲起來、省了安人每早焚香、多少是好、劉氏白隨我來、作到樂善堂科丑扮土地戴巾穿土地氅繫縧絲持拂塵從上場門上劉氏白 樂善堂、何謂樂善、那些樂善、樂善樂善人往那裏去了、若留得樂善人在、我决不開五葷、拆掉了、金奴作拆匾科隨撤樂善堂桌帳科劉氏唱

正宫正曲 四邊靜 樂善何曾添壽紀。韻 人死似東流逝。韻 撇下子與妻。韻 要會無由會。韻合 樂善撤矣。韻 將香滅燈熄。韻 設宴開五葷。句 此樂誰堪比。韻作到觀音堂科劉氏白 觀音菩薩、聞你曾救八難、世上多少遭難之人、如

何不救、捲起他來、金奴作拆匾卸琉璃科土地作怒指潑油汚劉氏衣科從下場門下隨撤觀音堂桌帳科劉氏白　好不仔細、灑我這一身油、金奴白　不妨事、今日只由得安人、由不得神佛菩薩、劉氏白　會說話、唱

又一體　明知佛法事無益。韻　主定開葷意。韻　只憑自心爲。韻　有誰敢談議。韻合　觀音捲起。韻　將香滅燈熄。韻　設宴開五葷。句　此樂誰堪比。韻作到三官堂科劉氏白　天官菩薩、你爲上元賜福、世間貧富不等、如何賜祿不均、

地官菩薩、你爲中元赦罪、世間許多囚犯、如何不行赦免、水官菩薩、你爲下元解厄、世間災病之人、如何不解其厄、捲起他來、金奴作拆匾科隨撤三官堂桌帳科劉氏唱

又一體 不信陰陽與神祇。韻 報應無靈意。韻 光陰去如飛。韻 遇酒莫辭推。韻合 三官捲起。韻將 香滅燈熄。韻 設宴開五葷。句 此樂誰堪比。韻場上設椅轉場坐科白 先前滿堂神圖佛像、非僧非俗、成甚麼雅相、此時纔像箇

人家金奴可將春夏秋冬四景畫圖張掛起來、金奴應科白齋童把四景畫圖拿來、丑扮齋童戴羅帽穿屯絹道袍繫鑾帶捧四景畫圖從上場門上白來了、拆去神圖安畫景果然家道一時新安人畫圖有了、劉氏白掛起來、金奴齋童作向四面掛畫科劉氏起作看畫白原來是春景柳絮池塘夏景曲院荷香秋景東籬秀色冬景歲寒三友這四軸畫圖乃是員外遺留之物到今日物在人亡員外夫你往那裏去了、齋童虛白仍從上場

門下劉氏坐作悲科唱

仙呂宮集曲 二集傍粧臺 傍粧臺首至四 痛夫亡。韻 一朝永別歸泉壤。韻 驀然間覩物關情意轉傷。韻 拋妻子悠然往。韻 八聲甘州五至六句 九嶷含痛竟茫茫。韻 白 我那員外、若留得你在、滾白 只願夫婦齊眉。那想五葷美味、孩兒也得在家、怎肯遣他遠離、可憐我孀居寡婦、四十以上、五十將來、若不趁時享用、生我何爲、在世何益、提起心傷、員外夫、你陰靈畢竟在何方、唱 枉教我哭損柔腸淚萬行。韻 皂羅

袍五至六　自思自想。韻　終有無常。韻傍粧臺末一句　我且隨時消遣度韶光。韻起隨撤椅科白　吩咐備辦祭禮、明日親到員外墳上、拜祭一番、以盡在生之意、金奴應科劉氏白　紅輪西邊墜、次早又東昇、堪憐人在世、生死總難憑、仝從下場門下

第十四齣　調美味大鬧厨人　古風韻

小生扮安童戴羅帽穿屯絹道袍繫鑾帶從上塲門上

唱

中呂宮正曲　剔銀燈　老安人心明事矣。韻亨肥甘終須養體。韻論人生葷酒何須忌。韻且高歌快樂是便宜。韻合歡喜。韻頓使我心中歡喜。韻去喚臧厨顧不得脚高步低。韻作到科白臧厨在家麽、內白是那裏來的、安童白我是傅員外家安童我安人看破佛老要開葷酒叫他去置辦酒席內白不在家了張老爺家擺筵席去了安童白怎麼處再尋別人內白不要叫別人我使孩子去尋他去安童白知他來早來遲豈不悮了我家的事安人開葷心盛今晚落桌明早就要坐席也罷我叫毛厨去罷虛白遶場作到科白毛厨在家麼丑扮毛厨戴氊帽穿喜鵲衣繫腰裙從上場門上唱

雙調正曲　字字雙　我做厨子手段精韻乾淨韻爐頭鐵杓響

連聲○韻高興○韻安排素饌與葷腥○韻豐盛○韻合嘴饞却像餓牢鷹○韻毛病○韻毛病○疊作出門科白原來是安童哥想是你家上供、叫我去搿助、安童白我家自後再不上供、再不喫齋了、我老安入大開葷酒、叫你去整辦筵席、毛厨白臧厨是你家門下、我怎麼去得、安童白不妨、我叫你去怕甚麼、毛厨白是了、你叫我去、我不怕他待我拿了傢伙就走、拿刀杓來、向下取刀杓隨上虛白科安童白走罷、毛厨白住了、說便是這等說、我有點子怕

他來爭奪、安童白 有我擔當、怕他怎麼、毛厨虛白科唱

越調正曲 水底魚兒 不必挨遲。韻 即去辦筵席。韻 鷄鵝羊肉。句

白 着實多買些、安童白 怎麼多買些、毛厨唱合 事事我先喫。韻 事事我先喫。疊 安童白 料你能喫多少、毛厨白 寬打窄用、作到進門科塲上設桌科毛厨白 買的甚麼東西、都盤出來我看、作料東西要緊、安童白 都是有的、安童向下取葷素菜蔬隨上放桌上科毛厨作繫油裙隨意發諢科安童白 你且不要頑、不知你的手段如

何毛厨作切菜蔬科唱

中呂宮正曲

駐馬聽

手段堪誇。韻葷食調和滋味佳。韻不論蒸煎烹炒。句白煮清蒸。讀熰爛麻辣。韻包餡韭菜與葱花。韻小合饢腸全憑鮓。韻合湯水無差。韻椥椒加上。讀辣的他汗流雨下。韻

副扮臧厨戴氊帽穿喜鵲衣繫腰裙持刀杓從上場門上唱

又一體

奔走波查。韻終日慌忙不顧家。韻只為生涯緊急。句若論手段。讀誰敢欺咱。韻完了東家又西家。韻細

膾常餐何須價。韻合包攬生涯。韻看看來到讀傳家門下。韻作到科白來此已是安童哥、安童白門外誰叫、待我看來、作出門科白原來是臧廚、臧廚白聽得老安人開葷、我丟了別人家的活、特地而來、安童白說你不在家中、我叫了別人了、臧廚白是誰、安童白是毛廚、臧廚白毛廚、他敢做我的活、你去說了我來、他聞了我的大名、自然連忙就讓了、安童作進門科白毛廚、臧廚來了、毛廚隨意發諢科安童白怪不得他說你、你若聞了他的大名、自然連忙就讓了、毛厨白他是這般說、我偏不讓、看他怎麼奈何我、安童作出門虛白科臧厨作進門二厨隨意發諢作打鬧科臧厨唱

又一體 叵耐無知。韻恨殺狂徒無道理。韻將我主顧奪去。句絕去咽喉、讀斷我衣食。韻我命你命兩相虧。韻我霎時教你成乖戾。韻安童作勸科臧厨唱合勸我難依。韻定要經官控告、讀將伊處置。韻毛厨唱

又一體 老狗無知。韻出語傷人把我欺。韻分明是倚老

欺心。句昧已瞞心、讀强霸胡爲。韻將我這般苦禁持。韻教人怒向心頭起。韻合藝業高低。韻如何賣老、讀欺咱小輩。韻安童作喚雜隨意扮衆家人各持棍棒全從上場門上盧白作趕打二厨出門科安童衆家人全從上場門下毛厨臧厨各隨意發諢科從下場門下

勸善金科第三本卷下

第十五齣　靑松墳上列珍饈　古風韻

雜扮四梅香各穿衫背心繫汗巾仝從上場門上唱

仙呂宮正曲　風入松　花飛逐處亂紛紛。韻 迅光陰減却殘春。韻 飄殘柳絮成一瞬。韻 歎已往韶華休論。韻合 爭誇美紫陌紅塵。韻 空辜負似浮雲。韻白 今日安人要到員外墳上祭掃、回來大開葷酒、我等在此伺候、旦扮劉氏穿氅從上場門上小旦扮金奴穿衫背心繫汗巾隨上劉氏白景物當春偏助恨、肥甘養體且消時、中場設椅轉場坐科白昨聽兄弟之言、勸我開葷、今日不免先到員外墳前拜祭一番、以盡在生之意、員外、唱

南呂宮引　哭相思

曾記臨終語慘悽。韻　再三囑咐子與妻。韻　言語雖在人何在。句　只落得　滿眼蓬蒿土一堆。韻

又一體

非我違却從前誓。韻　所爲夫妻兩拆離。韻　因你未滿六旬喪。句　茹素持齋心已灰。韻

雜扮二梅香各戴梅香箍穿衫背心繫汗巾雜扮四院子各戴羅帽穿屯

絹道袍繫鑾帶雜扮車夫戴草帽圈穿喜鵲衣繫腰裙推車仝從上場門上二梅香白請安人前去拜祭、劉氏白金奴、你在家中、好生看守、金奴應科仍從上場門下劉氏起隨撤椅仝作出門科雜扮老蒼頭戴氈帽穿道袍從下場門上作闖門科仍從下場門下劉氏作乘車衆隨行科劉氏唱

黃鐘宮正曲 啄木兒

人和物天地生。韻 萬物之中人最靈。韻 富貴的享用輕肥。句 貧乏的苦楚伶仃。韻 這都是生成

造化皆由命。韻榮枯得失天排定。韻合且享肥甘看甚經。韻作到科小生扮安童戴羅帽穿屯絹道袍繫鸞帶雜扮看墳人戴氊帽穿喜鵲衣繫腰裙仝從下場門上作接科場上設傳相碑碣前設矮桌上設祭物科看墳人白看墳人叩頭。起科隨從下場門下劉氏白擺下祭禮。一梅香遞香劉氏作拈香科白員外夫。只隔三尺黃土。不能見你一面。作奠酒衆隨叩拜科劉氏唱

又一體呈薄奠。句表慇懃。韻你辭世的陰靈聞不聞。韻

白員外、請用香茗、請用素齋、唱進素食供獻墳前。句把舉案的意念聊申。韻劉氏白員外夫、今日妻子誠心誠意、特來墳前、聊具薄奠、拜你幾拜、滾白既不信神、焉能信鬼、員外夫、唱我把修行善念今灰盡。韻晨昏好把肥甘進。韻合一任韶光秋復春。韻隨撤祭物科衆梅香仝唱

黃鐘宮正曲　滴溜子　勸開懷。句勸開懷。疊不須思忖。韻請回歸。句請回歸。疊把閒愁莫問。韻安童白看車、衆應科劉

氏作乘車衆隨行科仝唱

聽取。讀**笙歌雅韻**。韻合**大張**

葷酒筵。句**佳餚美醞**。韻且**賞翫良辰**。讀**花枝正新**。韻作

到科安童叩門蒼頭從上場門上作開門科劉氏作下

車衆隨進門虛白從兩場門各分下

勸善金科第三本卷下

第十六齣　白日堂中呈怪異　庚青韻

丑扮遊戲神戴花神帽穿氅從上場門上白明鏡當頭放過誰、昭昭天鑒果無私、善惡到頭終有報、只爭來早與來遲、吾奉採訪使者之命、警戒劉氏、不令開葷、不免喚出土地、商議一番、土地有請、丑扮土地戴巾穿土地氅繫絲縧持拂塵從上場門上白一家之事憑吾掌、兩字公平不敢欺、相見科白上神稽首了、遊戲

神白　叵耐惡婦、竟欲開葷、吾等當現種種惡境、使他回心轉意、不知在於何處爲妙、土地白　當在他祖先堂中、遊戲神白　既如此、喚出魑魅魍魎四鬼來、土地應作喚科雜扮魑魅魍魎四鬼各戴套頭穿道袍仝從右旁門上遊戲神白　爾等可潛在傅家祖先堂內、候劉氏到來、現出種種怪異之狀、使彼驚見、或能阻其惡念、亦未可知之事、四鬼應科遊戲神土地仝從下場門下場上設帳幔桌上掛祖先堂匾桌上設冥器冠服科小旦扮金

奴穿衫背心繫汗巾從上場門上唱

南呂宮引 一剪梅 祖堂中何事鬧嚶嚶韻響徹花鈴讀聲在窓櫺韻幾番欲往看分明韻身未曾行讀心自先驚韻

白 我正在房中做女工老安人叫我到祖先堂上香須索走遭 作驚疑科白 我每日來此只是如常今日爲何覺得陰森怕人啐這家堂中是日日走的有何可怕之處待我進去 作開門進科二鬼各穿冥衣作行科金奴作驚科白 好奇怪這兩件衣服又無人穿他自已直豎

起來在此行走、作出門科白老安人快來、旦扮劉氏穿

鼈從上場門上白這丫頭、爲何在此大驚小怪、金奴白

我纔到家堂上香、忽見兩件衣服、又無人穿他、竟會在

那裏行走、劉氏作驚科白有這樣事、待我去看來、仝作

進門二鬼復行科劉氏作驚科唱

南呂宮正曲 賺 驀見心驚。韻這的是鬼魅無端他不現形。韻

俄思省。韻剛剛觸着我心頭病。韻想多應。韻近來不把

神天敬。韻見怪空中鬼物憑。韻白好奇怪、兩件衣服、又

無人穿、竟自已直豎起來、二鬼作旋近前劉氏作驚科白你看他旋得好快、撲了人來了、唱只見斜還整。韻男衣女袖時相並。韻這般行徑。韻這般行徑。疊二鬼從地井下又二鬼各戴冥冠冥巾作行科金奴作驚科白那供的頭巾、忽然飛起去了、劉氏唱

又一體

皂帽飛騰。韻我員外如何也把我驚。韻你陰靈聽。韻我添香換水時加敬。韻白金奴、你再細看、只怕是我眼花了、金奴唱甚分明。韻椿椿件件堪奇警。韻那裏

有沒脛的衫兒獨自行。韻全唱只見斜還整。韻男衣女袖時相並。韻這般行徑。韻這般行徑。疊二鬼從地井下雜扮大頭鬼戴套頭從地井暗上伏桌下科劉氏白金奴、你同我在這堂中、仔細再看、還有甚麼踪跡、劉氏指桌下命金奴看科金奴白我害怕、劉氏白有我在不妨、金奴掀桌圍大頭鬼作擄出科劉氏金奴作撲倒科仝唱

正曲　南呂宮紅衲襖曲　你看他豎雙眉怒目睜。韻你看他哭啼

啼疑悲哽。韻你看他滿腮窩惱怒生。韻還疑是口兒中多恨聲。韻閃陰風一霎兒冷氣腥。韻細端詳鬼魅形實可憎。韻怪殺這軒庭閒靜並沒人來。句也。格有一箇山精兒畫現形。韻大頭鬼仍從地井下金奴白、好古怪青天白日、這樣見起鬼來、劉氏唱

又一體

莫不是死多年魂魄靈。韻莫不是受沉冤怨鬼形。韻莫不是傳家的宗祖憑。韻莫不是天有意降災眚。韻似這般怪異事眞罕經。韻誠得我戰篤速魂難定。韻

自不會有昧已瞞心害理傷天。句也。格為甚的家堂中事不明。韻白 金奴我明日要、作住口科白 我明日要開葷、莫不是傳家祖宗、警戒於我、這葷不開也罷、金奴白 老安人、劉氏作驚科白 又是怎麼了、金奴白 老安人好不明白、天下喫葷的人不知多少、那曾見鬼、劉氏白 啐這丫頭又謊我一驚、金奴白 若是傳門祖先有靈保佑的員外不死了、如今落得口腹受用、劉氏白 這丫頭說得也是、自古道見怪不怪、其怪自壞、且不必理他、仝作

出祖先堂科隨撤寘器冠服并帳幔桌科劉氏金奴仝

唱

慶餘　明朝快與開筵慶。韻謾自的猶夷不定。韻且細向
小閣紗窗醉醁醽。韻仝從下塲門下遊戲神土地仝從
上塲門上遊戲神白　凡人心不昧、處處有神靈、我等做
出怪異之事、要使劉氏回心、誰知他竟不知省、只得回
覆採訪使者去罷、土地白　是他自作自受、那地獄重重、
劉氏、恐怕你不能逃也、須知禍福由人召、遊戲神白　報

應分明早共遲、仝從下場門下

第十七齣 姑强媳淫圖塞口 古風韻

副扮劉賈戴巾穿道袍從上場門上白

半載江湖受苦辛、情牽風月更勞神、歸來先訪多嬌女、不作區區薄倖人、我劉賈往外生理回來、理該先到家中、怎奈心中思想情人沈氏、且到他家瀟灑一回、有何不可、小的、隨我到沈大娘家裏去、雜扮家人戴氈帽穿窄袖繫搭包牽驢從上場門上劉賈騎驢科唱

中呂宮正曲 駐馬聽 跋涉關山。韻 歷盡崎嶇到此間。韻 怎得佳人一會。句 萬想千思、讀 寤寐難安。韻 這相思兩地恨緣慳。韻 此時此際情無限。韻合 綠鬢紅顏。韻 別來許久、讀 令人嗟歎。韻 作到下驢科白 小廝、你在前面等我、家人應科牽驢從下場門下劉賈白 來此已是沈大娘開門來、老旦扮沈氏穿衫繫汗巾從上場門上唱

又一體 幽會無期。韻 想憶情人意似癡。韻 每日裏倚門凝望。句 目斷行雲、讀 雁絶音稀。韻 愁懷鬱鬱鎖雙眉。韻

心中只爲他牽繫。韻劉賈叩門科沈氏唱合你是阿誰。

韻作開門見科唱原來是情人來至、讀恰似天緣相濟。

韻劉賈作進門科白沈大娘拜揖、我出外生意半載家下之事、毫無掛心、時刻只是想着你、沈氏白我老了、不是那年幼時節了、你想我怎麽、劉賈白你年紀雖大我幾歲這些風流興致甚高、我今日纔回來、沒有到家竟來看你、我豈不是有情之人、沈氏白有勞費心、待我備酒接風、場上設桌椅各坐科沈氏白媳婦、看茶來、旦扮陳桂英穿衫捧茶盤從上場門上作見劉賈將茶盤置地下卽從上場門下沈氏取茶盤劉賈接飲科沈氏白快收拾酒餚出來、陳桂英白婆婆自來取罷、媳婦不得閒、沈氏白你看我叫他不動、劉賈白旣叫他不動、你自已去取罷了、沈氏向下取酒隨上唱

又一體

薄酌迎風。韻兩意相投情頗濃。韻忽見情人來到。句撇却憂心、讀喜上眉峰。韻尤雲殢雨兩心同。韻恰如一對鸞和鳳。韻合暢飲杯空。韻前生結就、讀今生歡

共。韻劉賈唱

又一體

舉酒談心。韻兩下相偎情意深。韻我與你三生留笑。句兩意相投。讀一刻千金。韻半年間別換光陰。韻今朝拚把杯深飲。韻合不用沉吟。韻休教閒却。讀鴛衾鳳枕。韻白沈大娘今朝暫別、明晩再來、沈氏白我和你相與這一塲、其實情意相投、怎奈我媳婦倒拿我的把柄、叫來不來、叫去不去、凡事執拗、你替我設箇區處、使他說不得我、我纔心中受用、劉賈白待我想來、各起隨

丑撤桌椅科劉賈白　有了、我這裏與你一錠銀子遞與他、故意說你老了、教他與我交好交好、他再也說不得嘴了、作付銀沈氏接銀科白　恐你往後若是戀着他、竟將我忘了、我那時節斷不與你干休的、劉賈白　我與你舊情難忘、若是棄了你戀着他、我定遭蛇傷虎咬而亡、沈氏白　改禍成祥、你請回、我今日就對他說便了、劉賈作出門科白　得他心肯日、你我久長時、請了、從下場門下沈氏白　媳婦快來、場上設椅坐科陳桂英從上場門上

唱

仙呂宮引【探春令】見夫一旦遠分離。韻 使朝夕縈繫。韻 婆婆作事多違背。韻 恐被那旁人議。韻 沈氏白 媳婦快來、陳桂英作拜見科沈氏白 方纔呌你、爲何不理我、陳桂英白 婆婆若是骨肉之親到此、便好近前、他是外人、成甚麼規矩、怎好相見、沈氏白 世情如此、分甚麼清濁、隨方就圓些、也索罷了、陳桂英白 婆婆差矣、唱

仙呂宮正曲【桂枝香】綱常倫理。韻 頗能知會。韻 白 若論婦人

之道呵、唱 夜來 時以火隨行。句 事姑嫜蘋蘩中饋。韻 那
工容德性。句 那 工容德性 疊 三從須記。韻 四知當畏。韻
告婆知。韻 休貪 分外錢和鈔。句 謹守 閨門堅自持。韻

沈氏起科唱

又一體 人生在世。韻 光陰無幾。韻 我 孩兒遠去他鄉。句
可惜你青春嬌媚。韻 陳桂英白 婆婆人家丈夫亡故、尚
且守節、婆婆何出此言、沈氏白 我兒、男子漢離家久了、
還有小娘散悶、你我女人在家、離夫久了、少不得要偷

嫖偷嫖、陳桂英白 婆婆、這是什麼說話、沈氏白 兒何公無私、何水無魚、只爲我那心上人、嫌我老了、心下想你、怕你不肯、作付銀科白 如今有五兩銀子送與你、還要打副釵環、做套衣服、送與你兒、你從了他罷、陳桂英白 婆婆、這樣言語、虧你開得口、啓得齒、羞也羞殺人、沈氏白 我兒、唱想 眼前光景。句 眼前光景。疊 流年水逝。韻 似白駒過隙。韻合 且隨宜。韻 何妨 急早從人願。句 樂以忘憂效倡隨。韻 坐科陳桂英唱

又一體 婆婆休罪。韻容奴跪啓。韻任憑他將財物餌人。句奴自守閨門節義。韻况公公家教。句公公家教。疊也曾把倫常教誨。韻家門整理。韻合告婆知。韻休貪分外錢和鈔。句免被旁人說是非。韻沈氏作怒科唱

南呂宮正曲 大迓鼓 無知小賤才。韻將婆言違背讀意亂心歪。韻白人家不才的婆婆還要管了媳婦不許偷漢子、我這樣賢慧的婆婆勸你如此你倒偏不如此有甚麽難爲着你、我好恨、唱教人怒發難寧耐。韻恨裝喬作勢

恁狂乖。韻合 打死伊行、讀 有何妨礙。韻作起持家法打

科陳桂英唱

又一體 休將語亂歪。韻 敎人悲慽、讀 感歎傷懷。韻 沈氏白 你若不依從、我只是的打、陳桂英白 媳婦早晚侍奉不周、受婆婆打罵、理所當然、因爲此事不從、打罵媳婦也是枉然、滾白 曾記你孩兒出門之際、叮嚀囑咐、敎媳婦勤侍萱堂、閨門莫出、我若是苟爲此事、違却夫言、人心何在、禮義何存、婆婆老娘、唱 這般打駡忒毒害。韻 寧

甘一死赴泉臺。韻合 痛斷柔腸、讀 珠淚盈腮。韻 沈氏唱

慶餘 無知潑賤多作怪。韻 陳桂英唱 猛拚身喪赴泉臺。韻 決不貪生把名行乖。韻 作進房閉門科從下場門下

沈氏白 好賤人、你閉了門、不過在房裏、難道就飛上天去不成、且住、我方纔許他明晚來的、他若是再不依從、便試試我、活活打死這賤人、啐、我只圖眼前樂、那管身後名、從下場門下

第十八齣　鬼爭人替待超生　古風韻

丑扮自縊鬼散髮搭魂帕穿衫拴自縊切末從天井跳下唱

高大石　窣地錦襠　調正曲

我是陰司縊死鬼。韻只因量小不忍氣。韻皆緣閒事惹閒非。韻合一時自縊身遭斃。韻從左旁門下副扮水鬼穿水鬼切末從地井跳上唱

又一體

我是陰司一水鬼。韻只因爲利他鄉地。韻被人

見財來起意。韻合將身推在水波裏。韻從左旁門下末扮藥死鬼戴巾搭魂帕穿道袍繫腰裙從右旁門上唱

又一體

我是陰司藥死鬼。韻只因爲財遭毒計。韻異鄉一命生生斃。韻合魂魄飄流不得歸。韻從左旁門下旦扮戳死鬼搭魂帕穿衫繫腰裙繫剪刀切末從右旁門上唱

又一體

我是陰司戳死鬼。韻只因傷命血淋漓。韻心頭疼痛有誰醫。韻合教人提起好傷悲。韻從左旁門下四

鬼仝從右旁門上自縊鬼白　你們這些都是甚麼鬼、水鬼白　我名喚段有義、乃販賣紗羅客人是也、前往杭城買賣而歸、遇一同船兇徒、見我囊金五百兩、頓起不良之心、推我溺水而死、今經十年、尚無替身、藥死鬼白　我乃黃彥貴是也、南昌販賣回來、多有利息、被李文道在途間用藥藥死、將我資本取去、又遇贓官得賄、賣放未經抵償、已曾告在陰司、尚未對理、戳死鬼白　自家耿氏、因爲夫婦不和、一時短見、把剪刀戳在心窩裏死了、陰府茫茫、好不孤苦、水鬼白 你是甚麼鬼、自縊鬼白 我乃邵門金氏、因與公婆嘔氣、自不深省、一時短見、縊死高梁、今經二十年、還沒有尋着箇替身替替、四鬼仝唱

仙呂宮清江引 正曲

自恨當初見識小。韻無端把一命夭。韻到今悔是遲。句這冤苦有誰知道。韻合細思量讀悔當初自家尋苦惱。韻陳桂英內作哭科自縊鬼白 這村子裏有婦人啼哭、想必要尋自縊、我且悄悄前去、惑亂他惑亂、倘得替得我身、也未可知、從下場門下三鬼虛白

全從下場門下自縊鬼從上場門上三鬼隨上自縊鬼白 你們都來做什麼、三鬼白 聽得此處有人啼哭、我們來尋替身、自縊鬼白 這是我的地方、你該往水邊去尋那害你的人、你該尋那藥死你的人、你該去尋刀傷的替身、怎麼在此處攪擾、還不快走、三鬼各虛白爭替身科自縊鬼唱

雙調正曲 孝順歌

你們休胡說。句 莫亂爲。韻 陽世陰間無二理。韻 藥死的怨鬼你應知。韻 你是水底含冤鬼。韻 你二

人疾去休遲。韻女該女代、讀男當男替。韻合去爲厲他方。句任伊豕立人啼。韻戳死鬼白他們是男鬼替不得、我是女人、讓我替了罷、自縊鬼白啐、你是女人、難道我是男人不成、各有地方、你們這些不知理的、再不去我就打了、水鬼白你打、我們不會打麼、四鬼作相打科三鬼唱

又一體

賊潑賤。句太無知。韻絮絮叨叨把我欺。韻雖然此處有人啼。韻知他命終未。韻你好忒煞無禮。韻要強

逼生人、讀替伊死鬼。韻合古語相傳。句弄人鬼待時衰。

韻自縊鬼作趕打三鬼仝從左旁門下自縊鬼復從上場門上水鬼復隨上自縊鬼白這些鬼都被我打跑了、水鬼白我還在這裏、自縊鬼白你到底去不去、水鬼白我偏不去、你到那裏、我也到那裏、自縊鬼唱

又一體

賊兇漢。句沒道理。韻口口聲聲來替你。韻你本是水底含冤鬼。韻反來與我鬧爭氣。韻使我心中怒起。韻你受沉冤、讀當向河頭水際。韻合何得歪纏。句與咱

苦苦爭持。韻作趕水鬼從地井下自縊鬼從下場門下

第十九齣　陳氏女守節投繯　古風韻

塲上設香案佛龕科旦扮陳桂英穿衫從上塲門上唱

中呂宮正曲　駐雲飛

珠淚盈眸。韻薄命紅顔苦更憂。韻婆狠生僝僽。韻逼勒難禁受。韻嗏。格夫去在他州。韻白妾身陳氏桂英自嫁胡門公公早喪婆婆在堂丈夫出外生涯未得歸家只因婆婆平昔爲人不正常與外人來往有玷家門幾番諫勸反觸他發怒生嗔只得含忍在心

勸善金科　第三本卷下

我想婆婆如此所爲、滚白 若是我丈夫在家、男子漢必會撐持、正是男兒無妻家無主、婦人無夫身無主、只因我夫去在他州、唱 事成掣肘。韻 我待學烈女賢姬讀一心心要把芳名守。韻合 怎肯貪歡作下流。韻白 方纔婆婆說道、明早不從定要打死、且往鄰家躲避躲避、等我婆婆性回、我再回來、作出門欲行科丑扮自縊鬼散髮穿衫拴自縊鬼切末從上場門上作攔住科雜扮陳桂英遊魂搭魂帕穿衫從地井內上與自縊鬼相見科陳

桂英白　不好、此去鄰家、婆婆尋我不見、道我私奔、必然又是苦打、若是被婆婆打死、不如自已尋箇自盡罷、作進門隨閉門科自縊鬼陳桂英遊魂隨進科陳桂英唱

又一體

長夜悠悠。韻內打五更科陳桂英唱　忽聽譙樓頻送籌。韻不如　早喪離塵垢。韻　免受婆孱僽。韻　嗏。格思量　結髮意綢繆。韻滾白　夫、非是你妻子不等你回來也只爲婆婆逼勒不過、事不由已、今生今世、不得與你相見、只得望空拜你幾拜、夫思量結髮意綢繆、唱　難分難

剖。韻若要相逢。讀只好在三生後。韻作取繩科唱合夫
去天邊妾命休。韻作上桌向佛龕下拴繩自縊氣絶科
自縊鬼與陳桂英搭魂帕陳桂英遊魂旋從右旁門下
自縊鬼唱
又一體　喜上雙眉。韻攛哄你做了含寃負屈鬼。韻我死
了虧伊替。韻你死了尋誰縊。韻嗏。格今日可憐伊。韻幽
冥永滯。韻我得逍遥。讀又復生人世。韻合我自欣欣你
自悲。韻從左旁門下老旦扮沈氏穿衫繫汗巾持家法

從上場門上白　好賤人、你執性只是不肯依從、今日再說箇不依從、試試我麽、作推門進見陳桂英屍驚倒急作出門科白　鄰舍人家快來、我媳婦縊死了、雜扮衆鄰居各戴氈帽穿各色道袍從兩場門分上沈氏白　我媳婦縊死了、衆鄰居白　你媳婦縊死了、我們大家看來、仝作進門虛白解下陳桂英死屍科沈氏作僞哭科唱

又一體一見傷悲。韻止不住汪汪雨淚垂。韻你節烈人

難比。韻錯把伊凌逼。韻嗏。格是我自差池。韻亂作胡爲。

韻強把箇賢孝貞姬韻逼勒他一命歸泉世。韻合悔却
無端釀禍危。韻衆鄰居白　嬸嬸不要哭、你的事、我們四
鄰八舍、都是知道的、陳娘子兄弟是皮匠、在街口子上
做生意去了、快去叫他回來、事大事小、憑在他就是了、
沈氏白　全仗衆位調停料理、衆鄰居白　這箇自然、看你
的造化便了、全作出門科白　老陳快來、丑扮陳皮匠戴
氊帽穿喜鵲衣繫腰裙挑皮匠擔從上場門上白　來了、
皮匠作生涯、終日苦波踏、衆位怎麽這樣齊集在此喚

我做什麽、眾鄰居白　有一樁異樣的兇事、你可知道麽、陳皮匠白　什麽異樣的兇事呢、眾鄰居白　你姐姐被婆婆苦打、自縊死了、陳皮匠白　怎麽說我的姐姐死了、作隨眾鄰居進門見陳桂英死屍哭打沈氏科沈氏白　大舅、你也不須吵閙、但憑眾位吩咐、家中只剩這五兩銀子在此、一併送與你罷、作付銀科白　一應棺木發送、家中還有幾件衣服、將他當取、可即發送就是了、眾鄰居白　老陳、這也罷了、死者不能復生、就算婆婆逼死媳婦、却也問不得什麽大罪、陳皮匠白罷是罷了、只苦了我的姐姐死得慘切、罷我看這五兩銀子分上饒了他罷、衆鄰居白我們且擡過一邊、仝作扛陳桂英死屍從下場門下

第二十齣　傅相妻開葷背誓　古風韻

小生扮安童雜扮八院子各戴羅帽穿屯絹道袍繫鸞帶仝從上場門上安童白

安人心厭喫長齋、今向華堂綺席開、一醉渾忘天地老、何須供佛拜蓮臺、昨奉安人之命、整辦酒席、我們須擺列齊備、不免請安人出來、安人有請、小旦扮金奴雜扮八梅香各穿衫背心繫汗巾引旦扮劉氏穿氅從上場

門上唱

越調桃李爭春引　雨過南塘。韻羅衣漸覺生涼。韻應憐晴霽風光。韻場上設席轉場入坐科安童金奴向下取餚饌酒壺杯盤隨上送酒科衆全唱

仙呂宮集曲甘州歌八聲甘州首至六句　風清天爽。韻把珠簾掛上。讀池館生涼。韻葵榴爭放。韻炎炎夏日偏長。韻閒歌樊素誇紅粉。句笑舞蠻腰泛紫觴。韻衆跪作勸酒科全唱排歌合至末句　風光好。句景物良。韻凭欄十里芰荷香。韻波紋

動。句搖碧窗。韻樓臺倒影入池塘。韻雜扮衆戲耍人各戴氈帽穿各色道袍仝從上場門上唱

高大石調正曲 穿地錦襠

鮑老當年笑郭郎。韻笑他舞袖太郎當。韻若教鮑老舞當場。韻合更覺郎當舞袖長。韻分白處處相逢是戲場、眼前傀儡爲誰忙、幾人識得箇中趣、忙裏偷閒耍一場、衆兄弟、如今劉老安人大開五葷、我們前去撮弄把戲、來此已是門上有人麼、一院子作出門科白你們是做什麼的、衆戲耍人白我們是撮弄把

戲的、聞知老安人大開五葷、特來搬演奉酒、院子作進門禀科劉氏白着他們進來、院子應作出門引衆戲耍人進門科全白安人、我們衆人見禮、安童虛白命衆戲耍人隨意唱曲劉氏虛白命金奴作賞錢科衆戲耍人作出門科全從下場門下副扮劉賈戴巾穿道袍從上場門上白爲圖利已營謀事、相勸開葷啓玳筵、作進門科院子白舅爺到了、劉氏出坐見禮科劉賈白恭喜姐姐、今日開葷、大排筵席、家庭樂事、做兄弟的特來奉賀、

劉氏白　多謝兄弟美意、來得正好、和你共飲數杯、以取共樂、各坐科安童金奴作各送酒科劉賈白　待兄弟奉敬姐姐一杯、劉氏白　生受兄弟、雜扮衆乞兒戴各色氈帽穿各色破爛乞丐衣繫腰裙仝從上塲門上唱

又一體　當年豪富似虛花。韻　此日貧窮枉歎嗟。叶　只得沿門乞丐做生涯。韻合　隨分隨緣度歲華。韻白　來此已是門上大爺、一院子作出門科白　你們是什麼人、衆乞兒白　我們特來唱詞、奉安人的酒、院子作進門稟科劉

氏白 叫他們進來、院子應作出門引衆乞兒進門科安童金奴白 你們有甚麼詞曲唱上來、衆乞兒隨意唱曲劉氏虛白命金奴作賞錢科衆乞兒作出門科仝從下場門下安童金奴作各送酒科衆仝唱

仙呂宮集曲 甘州歌 八聲甘州首至六句

金烏玉兔忙。韻 且躭風翫月讀 對景持觴。韻 淺傾低唱。韻 且開懷暢飲何妨。韻 輕搖紈扇思班好。句 笑看蓮花似六郎。韻 排歌合至末句 風光好。句 景物良。韻 凭欄十里芰荷香。韻 波紋動。句 搖碧窓。韻

樓臺倒影入池塘。韻淨扮僧明本戴僧帽穿僧衣繫絲縧持拂塵生扮道貞源戴道巾穿水田道袍繫絲縧持拂塵仝從上場門上分白　天可度、地可量、惟有人心不可防、齋公辭世纔過歲、孀婦開葷不忖量、而今老安人在堂飲酒、我們特來勸解、就此前去、門上有人麽、一院子作出門科白　是那箇、明本貞源白　我們是會緣橋衆僧道、聞知老安人開葷、我等特來勸解、院子作進門禀科劉氏白　安童、你去說員外在日、被他們悞了一世、安人豈可再悮、叫他們不消相見、劉賈白　姐姐講得極是、不必着他們相見、安童作出門科白　衆位師傅安人說員外在日、被你們悮了一世、安人豈可再悮着你們不消相見、明本貞源白　既不容相見、有幾句言語回覆安人、安童白　你講來、明本貞源白　勸君莫愛口頭肥、惡業冤家步步隨、汝食他時他食汝、何能成就佛菩提、安童作進門科白　禀安人、僧道有言禀上、勸君莫愛口頭肥、惡業冤家步步隨、汝食他時他食汝、何能成就佛菩提、

劉氏白 這些歪僧邪道、好生無理、不看我的顏面、也念員外情分、他就如此譏誚、將這畜生們快快打去、衆院子作出門趕打科明本貞源仍全從上場門下衆院子仍作進門科劉氏劉賈各作出席隨撤桌椅科劉氏唱

商調正曲 黄鶯兒 僧道忒無知。韻 出狂言肆訕譏。韻 不由人怒氣塡胸臆。韻衆全唱 善不足喜。韻 惡不足累。韻 勸安人休把閒愁繫。韻合 且倒金罍。韻 高歌暢飲、句 休得論閒非。韻劉氏作怒科從下場門下衆隨下劉賈作出門

科白 咳、這是那裏說起、今日是我姐姐開葷之日、此乃一天好事、誰想被這些僧道、到來胡言亂語、唐突了一番、我姐姐心中甚是惱怒、爲此多着家人、將他趕逐而去、

慶餘 唱 恠無知僧道來此生閒氣。韻出語傷人沒道理。韻幸得我解勸修全免是非。韻從下塲門下

第二十一齣　爲勸修持尼受辱　家麻韻

旦扮劉氏穿氅從上場門上唱

仙呂入雙角合曲　北新水令　歎浮生虛度數年華。韻　消萬慮惟憑杯斝。韻　夫君辭世上。句　孤子去天涯。韻　歲月交加。韻　頓使俺　朝夕間多牽掛。韻小旦扮金奴穿衫背心繫汗巾從上場門上白　後堂酒宴齊備請安人寬飲一杯。劉氏虛白仝從下場門下老旦扮尼貞靜戴僧帽穿老旦衣繫絲縧帶數珠持拂塵從上場門上白無始從前怨結深。輪迴六道自相侵。要免披毛並戴角。勸君休使害人心。小尼乃清淨庵庵主是也。規範清嚴。道風遠播。所有那些縉紳婦女。無不接踵相從。多感龍天護持。近來香火頗盛。向爲傳長者一門好善。以此常往他家走動。又承老安人相待甚厚。今因傳長者棄世。聞說安人聽信讒言。開葷飲酒。頓改初心。爲此我今前去。將言勸化一番。有何不可。迤邐行來。此間巳是。裏面有人麼。丑扮齋童戴羅帽穿屯絹道袍繫鑾帶從下場門上白 忽聞聲剝啄、未審是何人、作出門科白 原來是淸淨庵女師傳到此何幹、貞靜白 聞知安人新近開葷、特奉言詞勸酒、齋童白 我家安人正在內堂小飲、恰為無人消遣、旣承光顧、且請少待、待我稟過安人、再來相請、貞靜白 如此就煩通稟一聲、齋童作進門科從下場門下貞靜作進門科白 但願持求心不亂、管敎祛退意貪婪、劉氏從下場門上金奴隨上劉氏白 金奴、請進尼師來、金奴應科貞靜白交談言勸酒相敘話開葷。金奴白女師傅有請。貞靜白安人在上小尼稽首。劉氏白女師傅往常相見曾有師生之稱。我今看破佛門。盡皆虛謬。自今相見。只行賓主之禮。貞靜白安人見教得極是。劉氏白金奴。看坐過來。金奴應科塲上設椅各坐科劉氏白久別以來。甚爲想念。今幸降臨。有何見教。貞靜白小尼久矣未曾趨候。今聞安人開葷飲酒。甚爲恭喜。劉氏白好說。貞靜白我看老安人臉暈微霞。似入醉鄉之意。況酒能養性、所以仙家飲之、又道酒能亂性、佛家戒之、自古有酒學仙、無酒學佛、此之謂也、劉氏白 未審還有何事見教、金奴白 待我去看茶來、與庵主喫、從上塲門下貞靜白 安人、我想宅上呵、唱

仙呂入雙角合曲 南步步嬌 善行修持功德大。韻 頂禮維摩法。韻 咸知積善家。韻 信奉虔瞻。句 諸佛菩薩。韻劉氏白 如今却也難以信奉了、貞靜唱合 齋戒誦楞伽。韻 善名是處堪稱訝。韻劉氏唱

仙呂入雙角合曲　北折桂令　聽伊行說起情芽。韻　想人世浮蹤。句　一派虛花。韻　自夫君撇我孤單。句　俺無心向善。句　意念爭差。韻　各起科　劉氏唱　命吾子去經商路遐。韻　鎮日裏守孤幃愁緒如麻。韻　貞靜白　聞說安人曾經有何貴恙，小尼有失問候。劉氏唱　無奈俺染病嗟呀。韻　兀自難以撐達。韻　若非這葷酒甘肥。句　險些兒命染黃沙。韻　貞靜唱

仙呂入雙角合曲　南江兒水　總是善惡惟心造。句　莫教一念差。

韻可惜這一門善念都撇下。韻記得長者仁慈臨終話。
韻他叮嚀囑咐心牽掛。韻如今一旦開葷瀟灑。韻合他
雖在幽冥。句心意怎能甘罷。韻各坐科金奴捧茶仍從
上場門上白 茶在此、劉氏作怒科白 誰敎你拿茶、不許、
快拿回去、金奴送下隨上劉氏白 女尼、你却好生無理、
如何竟將這惡言語來傷觸我麽、貞靜白 小尼忝在相
好、故敢直言也、劉氏白 哇、還要胡講、金奴白 安人不須
動氣、不是當耍的、庵主、你也不該這等胡言亂語、各起

隨撤椅科劉氏唱

仙呂入雙角合曲　北鴈兒落帶得勝令　鴈兒落全　輒敢的話荒唐語亂喳。韻向吾行沒禮義無高下。韻怪伊家恁胡言閒磕牙。韻好教俺怒生嗔無明發。韻金奴白安人省些氣罷、

劉氏唱得勝令全　呀。格恁是箇誘人犯法臭歪刺。韻貞靜

白竟罵將起來了、豈有此理、劉氏唱　猶兀自嘴喳喳。韻恨無端言不遜。句我氣填胸忿恨加。韻白怪道、不差、唱想人家。韻禁僧尼不許來門下。韻聽咱。韻信非誣果不

差。韻信非誣果不差。疊白金奴、喚齋童快來、金奴應作喚科齋童從上場門上白安人有何吩咐、劉氏白快同金奴、將這女尼恥辱他去、齋童金奴白是、你這女僧、既在門下往來、如何行這沒禮之事、成何體統、貞靜白我在門下往還、也沒有什麼差處、齋童金奴白還要多講、

唱

仙呂入雙角合曲 南僥僥令

怪伊閒撓搭。韻信口亂如麻。韻貞靜白我何曾說什麼歹話、都是解勸之言、齋童金奴唱

把夙昔交情做閒戲耍。韻各作推貞靜科唱合好向他處葛藤作別樹花。韻劉氏唱

仙呂入雙角合曲　北收江南

呀。格則教恁認得俺是狠羅刹。韻你懷藏着俐口更伶牙。韻貞靜白安人、你把我做什麽人看待、劉氏白你麽、唔、唱覷恁似池塘雨後亂鳴蛙。韻貞靜白竟將好意反成惡意可笑、劉氏唱擅亢自盤非較是逞嘈雜。韻恁狂言亂喳。韻貞靜白一發破口罵起來了、劉氏唱恁狂言亂喳。疊白齋童金奴過來、齋童金

奴應科貞靜白 這是那裏說起、我是爲相與交情、以此將言勸解、反將我如此毆辱起來、可惱、劉氏唱 快與我驅離免使肆喧譁。韻白 快快趕出他去、氣死我也、仍從下場門下貞靜白 安人轉來、我還有話說、齋童金奴白 你這不識時務的蠢尼、快些去罷、不許延遲在此、唱

仙呂入雙角合曲 南園林好 嗔怪殺禍胎孽芽。韻各作推貞靜科唱 誰許你狂言亂喳。韻白 快快的走、若要遲延、就要給你箇沒體面了、貞靜唱 我爲好反遭辱罵。韻合 憑空

惹這波查。韻　造罪孽且由他。韻作出門科仍從上場門下齋童金奴白　安人有請。劉氏仍從下場門上場上設椅坐科白　那惡尼去了麽。齋童金奴白　被我們一番驅逐他自知慚愧而去了。劉氏白　我想那些僧道尼姑都是些無情無理的人他焉能自家追悔我今實是懷恨在心你二人必須設一計較務要破了他的齋戒使他說不的嘴方消我恨。齋童白　齋童愚蠢無計可施還是金奴乖巧可以用計而行。金奴白　有了我有一計在此明日乃是齋僧的日期了、今晚將犬一隻、投入甕中、用滚水泡死、剜肉爲丸、分做饅頭的餡兒、明日俵散衆人一齊的喫了、豈非墮我計中、然後卽便搶白他一塲、免得他下次又來談論是非、豈不是好、齋童白 好、此計甚妙、劉氏起隨撤椅科白 好計、就此依你所行便了、金奴吩咐安童、明日早去、金奴應科衆仝唱 共籌量計甚佳。

仙呂入雙角合曲 北沽美酒帶太平令 沽美酒首至四

韻 共籌量計甚佳。疊 恨歪尼挺撞咱。韻 將犬肉烹調一

饔酢。韻做饅首去齋他。韻太平令全食取時當場話靶。韻
恁破綻一手兒全拿。韻至其間一場笑話。韻頓恥辱難
鑽地罅韻俺呵。格巧機關陷他。韻汚他。韻指實處羞他。
韻罵他。韻呀。格那時節報雪俺深讐纔罷。韻
把齋僧且說三分話。韻這暗室機關怎解咱。韻
赤緊的恥辱僧尼竟開葷非是假。韻仝從下場門下

第二十二齣　欲欺僧道犬遭烹　古風韻

雜扮監齋使者戴套頭穿鬼衣排穗軟紮扮持旛從上場門上跳舞科場上設平臺虎皮椅轉場陞坐科白

物我齊將寶筏登，監齋到處有威靈。世人莫道佛仙幻，報應全憑心上行。自家乃監齋使者是也。原居陽世，茹素心堅。蒙玉皇勅旨，封爲監齋使者。世上人家，誰無烟火，吾神遍能照察。只因傳家三代喫齋，今傳相之妻劉氏、一朝遽改、因恨僧尼進諫、聽信金奴之言、夜來殺狗炊做饅頭、欲送至會緣橋、與僧道尼姑喫了、然後笑罵他哦有了、我今不免前去、變作瘋狂道人、點化那些僧道尼姑、有何不可、下座隨撤平臺虎皮椅科從下場門下淨扮監齋使者化身戴頭陀髮道巾穿補衲衣繫腰裙帶柳瓢持鉢盂櫻箒從下場門上白　凡事勸人休碌碌、舉頭三尺有神明、仍從下場門下雜扮院子戴羅帽穿屯絹道袍繫鸞帶持賑濟旛從下場門上設場上科

仍從下場門下淨扮僧明本戴僧帽穿僧衣繫絲縧持
拂塵生扮道貞源戴道巾穿水田道袍繫絲縧持拂塵
仝從上場門上分白 苦海茫茫無際、浮生擾擾堪悲、把
忠言當做惡言、將好意翻成歹意、監齋使者化身作顛
狂狀從上場門上白 南無無量壽佛、明本貞源白 道長
從何處來、監齋使者化身白 列位、唱
仙呂調隻曲 青哥兒 俺來自蓬萊仙島。韻明本貞源白 到此
何幹、監齋使者化身唱 向伊行特來傳報。韻明本貞源

白所報何事、監齋使者化身唱都只爲傅門劉氏奸計巧。韻明本貞源白他有何奸計、監齋使者化身白他昨晚與金奴計較、將狗肉包做饅頭、拿來齋你們、要破了你們的戒、便不好說嘴了、明本貞源白原來有這等事、這便何以待之、監齋使者化身白不妨、你們先將素饅頭一箇、藏在袖中、到那喫齋時、暗暗換取、待他們說什麽、便取出狗肉饅頭、與他看、以示不墮他的奸計、明本貞源白這等甚好、只是劉氏、爲着何事、行此惡計、監齋使者化身唱他嗔怪伊曹。韻戒律淸高。韻總爲前朝。韻明本貞源白原來爲此、監齋使者化身白還有一說、唱猶恐他另設計千條。韻先當揣度。韻明本貞源白這箇自然要防他、監齋使者化身白南無無量壽佛、仝從下場門下小生扮安童丑扮齋童各戴羅帽穿屯絹道袍繫鑾帶雜扮二院子各戴羅帽穿道袍繫鑾帶扛盒內盛饅頭仝從上場門上唱

仙呂宮正曲 不是路齋會良辰。韻忙步趨來法海門。韻作到

科齋童白　衆位師傅有請、明本貞源監齋使者化身仍仝從下場門上作相見科安童白　我等奉老安人之命、送得饅頭在此、供養衆位妙嗄、今日又有新來一位師傅、明本貞源唱　心思忖。韻愧　無能屢屢叨齋䞋。韻場上設桌椅明本貞源監齋使者化身各坐科安童奉饅頭科唱　老安人。韻道　齋儀菲薄休相哂。韻　仗此區區表意肫。韻明本貞源唱　多心信。韻　就中眞假難明問。韻白　既蒙老安人見賜、我等拜領就是了、唱　不須虛遜。韻　不須

盧遜。疊白往日的齋都先供佛、今日莫供罷、作將饅頭納袖中換袖內素饅頭各喫科安童齋童院子各作輕笑科仝唱

中呂宮正曲 駐馬聽 把柄擒來。韻似睡夢昏昏眼不開。韻昨日裏假裝道學。句喬講經文、讀訕謗開齋。韻白今日裏呵、唱肉饅頭喫盡無留在。韻黑漆桶全沒些光和彩。韻合堪笑伊儕。韻從今休得將乖賣。韻韻明本貞源出座科白你道我們不知此事麼、唱

又一體 此事堪哀。韻 說起令人淚滿腮。韻 忍得把犬來烹死。句 將肉作饅頭。讀 今日將來。韻 白 我等已先知覺、因此不敢供佛、唱 素饝先向袖中懷。韻 白 喫了素的、唱 肉饅頭箇箇都留在。韻 監齋使者化身出座隨撤桌椅科白 原來將肉饅頭與我們喫、明本貞源白 老安人怪我等去諫他開葷、故此將狗肉作饅頭、要破我們的戒、唱合 裝此喬乖。韻 要將我等清名壞。韻 監齋使者化身唱

又一體

潑賤裙釵。韻 蛇蝎心腸甚是歪。韻 好向袖中倒出。句 狗肉饅頭、讀 當面分開。韻 明本貞源將肉饅頭放監齋使者化身鉢盂內科監齋使者化身唱 須知此事禍胚胎。韻 作擲肉饅頭於地下隨化犬從地井內出科安童等虛白急從上場門下監齋使者化身唱 變成犬走令人駭。韻 合 他日泉臺。韻 你 終當果報還他債。韻 白 列位、那廝既不信神佛、必然別生計較、好鳥擇樹而棲、君子見幾而作、爾等色斯舉矣、正在此時了、明本貞源白道長說得有理、監齋使者化身白你看東廊下、又有一道人來了、從下場門隱下明本白道長不見了、敢是神靈點化、我等就此依他行罷、貞源白有理、各向下取衣鉢行囊隨上作拜別科仝唱

慶餘　論人生會合自有安排在。韻今日裏雲水飄蓬各一涯。韻白劉氏、唱你那造惡的心腸也忒煞歹。韻從兩場門各分下

第二十三齣　念金蘭李公進諫　古風韻

外扮李厚德戴浩然巾穿道袍繫絲縧持拄杖從上場

門上白

山中有直樹、世上無直人、老夫李厚德、幼與傳兄相處、誠爲莫逆、從他喪後、羅卜往外經商、聞知他老安人開了五葷、造下許多惡業、把那念佛齋僧之心、盡皆廢了、老夫不忍忝在通家、特來勸諫一番、作到科白　門上有人麽、小生扮安童戴羅帽穿屯絹道袍繫鸞帶從下場門上作出門科白　原來是李爺、李厚德白、特來拜望安人、安童白　李爺少待、待我通報、作進門科白金奴姐、小旦扮金奴穿衫背心繫汗巾從下場門上白　有何事情、安童白　今有李公特來拜望安人、從下場門下金奴白安人有請、旦扮劉氏穿氅從下場門上白　何人到此、金奴白　善友李公特來拜望、劉氏白　李厚德公曾與員外是善友、既來我處、吩咐廚下、仍備素齋相待、金奴應

科劉氏作出門迎科白　李公公請、作引李厚德進門科

李厚德白　安人拜揖、劉氏白　大伯萬福、小兒不在家中、早晚有失問候、望乞恕罪、場上設椅各坐科李厚德白　老夫多有驚動、今日到此、一來探問、二來有樁事情、不得不說、劉氏白　有事請道、看茶來、金奴應科從上場門下李厚德白　老安人自古道婦人之德、莫大於三從、劉氏白　敢問何謂三從、李厚德白　在家從父、出外從夫、夫死從子、今安人受夫遺命、違夙願而開葷、劉氏白　我說

爲此、李厚德白 拒子善言、使離家而遠去、又趕逐僧道尼師、恐前功盡廢、後報難逃、老夫托在鄰居、特來進諫、劉氏白 不敢相瞞、人生在世、有生來必有死、去亦當隨時消遣、何苦熬淡怎的、李厚德白 非也、唱

仙呂宮正曲 桂枝香 安人聽啓。韻 善功莫替。韻 傳家三代持齋。 遺囑猶然堪記。韻 聞 安人近日。韻 安人近日。疊 把誓盟相背。韻 將 五葷開矣。韻 合 請思維。韻 只怕臨崖勒馬收韁晚。句 恐船到江心補漏遲。韻 劉氏白 感承厚意、

舍弟劉賈、向日有言、李厚德白　他有何言、劉氏唱

又一體

他特來相訪。韻　勸言頗當。韻又道我丈夫供佛多年。句　未滿六旬身喪。韻可見得浮屠幻妄。韻　浮屠幻妄。疊謾　遭他欺罔。韻當把　肥甘自享。韻合　請思量。韻各人自掃門前雪。句　休管他人瓦上霜。韻李厚德白　老安人、你不可如此說、還要修行、劉氏白　還是享用、李厚德白　豈不聞佛經云、來也空、去也空、貧富不離三界中、勸君早上修行路、莫到臨時路不通、還要修行、劉氏白　豈

不知風隨氣氣隨風一片黃皮裹臭膿不信但看桃李樹花開能有幾時紅還是享用（李厚德白）豈不聞佛語云人人知道有來年家家盡種來年穀人人知道有來生何不種取來生福還要持齋（劉氏白）就如佛語云牡丹落盡樹枝空來年枝上依前紅如何人似桃花老紅顏一去無回踪還是享用（李厚德白）老安人你口口只說享用豈不知殺生不可（劉氏白）怎見得不可（李厚德白）古語云（西江月）鱗甲羽毛無數悟來物性皆同鋼刀

宰割血飛紅、碎砍爛煎可痛、奉勸世人醒悟、休教惱犯閻公、輪廻改換霎時中、一樣爾身苦痛、還是修行、劉氏白老身也記得古詞云、西江月世事短如春夢、人情薄似秋雲、何須計較苦勞神、萬事從來命分、幸遇三杯酒美、喜逢一朶花新、暫時歡笑且相親、明日陰晴休論、還是享用纔是、李厚德白老安人差矣、各起隨撤椅科李厚德唱

雙調正曲 鎖南枝 你也曾設盟誓。何告上天。韻夫君見子皆

在前。韻 今日裏頓相違。句 怎見你夫君面。韻 白 若問前世因今生受者是、滾白 你今違却夫言、一朝惡報悔之晚矣、白 老安人、唱 合 怕只怕天降災。句 伊怎免。韻 莫若是早回頭。句 好行善。韻 劉氏唱

又一體

你休絮語。句 莫亂言。韻 天堂地獄誰能見。韻 多少持齋茹素人。句 那曾見閻羅放轉。韻 金奴捧茶仍從上塲門上劉氏作嗔科白 誰敎你拿茶來、金奴送下隨上劉氏滾白 況人一死、身既朽壞、魂亦飄散、可見得陰

陽無報、唱合那報應事。句語淚傳。韻白金奴、唱可將他推出門。句免得他恁般強辯。韻金奴作推李厚德出門科李厚德白不聽吾言便罷、爲何將我推出、劉氏白老狗忒無知、叨叨說是非、金奴虛白勸劉氏仝從下場門下李厚德白出言何太易、後悔也應遲、從上場門下

第二十四齣　證慈祥大士談因　先天韻

雜扮四金剛各戴金剛冠紮背光紮靠持劍蛇傘琵琶從佛門上跳舞畢仍從佛門下雜扮三十二揭諦各戴揭諦冠穿門神鎧持杵從佛門上跳舞畢仍從佛門下雜扮八執旛揭諦各戴揭諦冠穿門神鎧執旛引曰扮觀音菩薩戴觀音兜穿蟒披袈裟帶數珠生扮地藏菩薩戴地藏髮穿蟒披袈裟帶數珠末扮文殊菩薩戴文

殊髮穿蟒披袈裟帶數珠外扮普賢菩薩戴普賢髮穿蟒披袈裟帶數珠雜扮四揭諦各戴揭諦冠穿門神鎧靴幢旛隨從上場門上衆遶場科仝唱

仙呂調套曲　點絳唇　慧日高懸。韻　慈雲洪展。韻　金剛眼。叶　光爍三千。韻　滿月如來面。韻　四菩薩分白　花開世界起果熟自然紅道有夢中夢言無風裏風吾乃觀音菩薩是也吾乃地藏菩薩是也吾乃文殊菩薩是也吾乃普賢菩薩是也仝白　今乃四月八日我等特來瞻仰佛光道

猶未了、我佛陞座來也、十二執旛揭諦從兩塲門分下
內鳴鐘鼓奏樂四金剛三十二揭諦仍仝從佛門上各
分侍科雜扮十六侍者各戴僧帽穿僧衣披袈裟雜扮
十六菩薩各戴僧帽紮五佛冠穿蟒披袈裟雜扮阿難
迦葉各戴毘盧帽穿道袍披袈裟引淨扮如來佛戴佛
髗腦穿蟒披袈裟雜扮大鵬鳥戴套頭紮飛翅紮靠小
生扮韋馱戴帥盔紮背光紮靠捧杵隨從佛門上如來
佛唱

又一體　鷄足山前韻　須彌峰畔叶　恒沙遍韻　日月迴旋韻完　不盡如來願韻

塲上設高臺金蓮寶座後設大圓鏡科轉塲陞座衆各分侍科如來佛白　若以色見我以音聲求我是人行邪道不能見如來何以故文殊是佛成所作智普賢是佛平等性智觀音是佛妙觀察智地藏菩薩透天透地救拔諸苦佛是諸菩薩大圓鏡智過去心不可得現在心不可得未來心不可得大衆當於何處見如來又當於何處不見如來承佛威神我爲慈

氏補處接引人天今日佛成道日法筵龍象可將夜摩天宮妙偈宣誦一番者衆全白若人欲了知三世一切佛應觀法界性一切由心造如來佛唱

仙呂調混江龍套曲

只這是能仁方便韻却不道空生大覺一漚圓韻憑空轉四生六道句依空住十地三天韻妙澄澄萬劫毗嵐吹不動句光㸌㸌一團大火傍無緣韻這便是三十二種讀調御丈夫真實相句說甚麼一花五葉讀菩提寶所火薪傳韻把那五龍氏燧人氏讀庖

犧氏神農氏、讀宇宙洪荒。句皇王帝霸。句五萬餘年宵與晝。句收入小羅綿一彈指裏。句把那若卵生若胎生、讀若濕生若化生、讀色空明暗。句地水火風。句恒河沙數知與識。句咸歸大般若卍字胸前。韻因此上一塵破處契經翻。句一花拈起閻浮顫。韻只者箇如如不動。句你看那朗朗常懸。韻內鳴鐘鼓奏樂塲上布天花科大圓鏡內作現出張佑大等綁羅卜益利欲殺觀音菩薩雲中救度景象觀音菩薩下座科白天花飛舞、六。種震

動、我佛如來當有開示、如來佛唱

仙呂調 油葫蘆 套曲

只見那縱目豺狼攫噬便。韻 走侁侁顏覷覷。韻白 那張佑大呵、唱 好似那深山荒廟食人祆。韻

白 那傅羅卜主僕呵、唱 好似那飛蛾投火蠶投繭。韻 怎能彀身生雙翅排空免。韻 想他那慈悲心方便多。句 想他那諸二親該萬善。韻 忍教他刀兵湯火相蒙纏。韻白 張佑大、你七世修行、豈得今生逃謬至此、少不得也要救他、唱 待俺灑與你楊柳上洗心泉。韻 觀音菩薩作拜

叩科白 蒙佛垂光指示、弟子就此濟度去也、正是降伏鏡裏魔軍、大作夢中佛事、從下場門下內鳴鐘鼓奏樂場上布天花科大圓鏡內作現出劉氏遊地獄羅卜西天求佛景象地藏菩薩下座科白 呀、你看鐵山搖動、泉路光生、這是孝子心燈、我佛當有開示、如來佛白 傅羅卜呵、唱

又一體 你一點肫誠徹上天。韻念劬勞栖共棬。韻白 怎知你母親劉氏呵、唱 三千年裏業風搧。韻只爲那百般

污濁陽間濺。韻總有那旃檀香水怎向陰間洗。韻投至到焰摩天須赦條。句阿鼻城天光現。韻早認不得了他生母子今生面。韻因此上勸廻向法王前。韻地藏菩薩作拜叩科白蒙佛開示、弟子就此指引去也、正是隨緣赴感靡不周、而恒處此菩提座、從下場門下衆仝白我佛今日開方便門、說未來法實上與諸佛同一慈心、下與衆生同一悲仰也、唱

煞尾大華嚴。句金剛變。韻有萬疊雲臺遍滿叶弟子年

來少一員。韻摩訶大目犍連。韻別金仙。韻遊戲小乘禪。

韻普度沉迷出九淵。韻內奏樂如來佛下座科衆仝唱

妙圓音遍演。韻精進幢高建。韻因此上釋迦文。讀分勅

大慈船。韻衆擁護如來佛仝從佛門下

第一齣　慧眼一雙分善惡　庚青韻

雜扮十六雲使各戴雲紮巾穿雲衣持綵雲從兩場門分上合舞布雲畢雜扮八沙彌各戴僧帽穿僧衣披袈裟帶數珠執旛雜扮八侍者各戴僧帽穿僧衣披袈裟帶數珠小生扮善才戴綫髮軟紮扮持淨水瓶小旦扮龍女戴過梁額穿宮衣臂鸚哥旦扮觀音菩薩戴觀音兜穿蟒披袈裟帶數珠持拂塵外扮罔明和尚戴毘盧

帽穿道袍披袈裟帶數珠末扮娑羅樹神戴巾穿行衣持鏡生扮地藏菩薩戴地藏髮穿蟒披袈裟帶數珠持拂塵從兩場門分上衆全唱

仙呂宮正曲　步步嬌

歎閻浮逃夢幾時醒。韻墮地來便巳母　警省。韻蠅頭蝸角忙一生。韻是非人我。句紛紛爭競。韻

觀音菩薩地藏菩薩分白　大地由來一隻眼不聞聞處可觀、觀若教眼底雷音震方信原無心、可安一星智火鐵山鎔、滅火其如有業風若得業風消歇盡、鐵山智火

一齊空吾乃大慈大悲觀音大士是也吾乃幽冥教主地藏菩薩是也觀音菩薩白我等奉佛法旨往南贍部洲度化衆生地藏菩薩白就此躡雲前去衆應遶場科仝唱合

業識不曾停韻苦芽徹底無甜性韻雜扮二僧衆各戴僧帽穿僧衣帶數珠繫絲絛捧佛持拂塵仝從上場門上白

南無十方佛今有普光寺佛像朽壞募化十方居士共結良緣南無阿彌陀佛唱

越調正曲 水底魚兒

跪諷皇經韻琉璃佛殿燈韻一齊施捨

句合福德更高增。韻福德更高增。疊虛白全從下場門
下觀音菩薩白遙觀此僧募化金銀、莊嚴佛像、不過思
量錢鈔、以給口腹。雖然佛門廣大、借此養活貧民、其如
戒律森嚴、現彼已成業果、地藏菩薩白只要募得錢來、
不造餘業、只養餘生、也就不計較他了、但恐未然耳、衆
全唱
仙呂宮正曲江見水如來示圓鏡。韻普救這羣生。韻返髻珠
全要你眞修實證。韻誰知那賣菜傖父逃眞性。韻汨泥

帶水無餘剩。韻 點汚了旃檀靈境。韻合倒成了別種生涯。句 眞箇是 逃頭認影。韻丑扮牧童戴草帽圈穿喜鵲衣繫腰裙持鞭牽牛從上場門隨意唱山歌上白 我家主人、天纔昏亮、就叫我起來放牛、我心裏只想要睡、這牛喂不飽、又要打、怎奈他肚子裏空空的、我且把田禾扯起一把、將牛牽到那樹林之內、將他喂飽、我好偷睡片時、作拔田禾喂牛牛不食科牧童白 我想這瘟牛呵、

唱

越調正曲　水底魚兒　雙角崢嶸韻頑然實可憎韻駕犂耕種句合痛打莫消停韻痛打莫消停疊牽牛從下場門下

觀音菩薩白　遙觀牧童牽牛食草，損壞禾苗，幼年不惜五穀，長大定行不善。

地藏菩薩白　牧童損壞禾苗，喂畜耕牛，尚然不食，堪歎人而不如畜也。

衆仝唱

仙呂宮正曲　皂羅袍　雖是無分凡聖韻只爲那貪嗔癡念讀無刻留停韻殺生淫盜恁相爭韻鍊的箇聖慧無些剩韻合泥彌頑性韻猶誇智能韻當前業鏡韻恁的分明

韻那知穀寶和牛命。韻雜扮二强盜各戴棕帽紥包頭穿劉唐衣繫肚囊掖刀斧仝從上場門上分白 人無橫財不富、馬無夜料不肥、兄弟、你我不要在這裏斷路、前面那汴河橋頭、趙家店裏、有箇客人的頭口、馱了兩馱子銀子、想他五更出店、你我劫將來、豈不是一場富貴、說得有理、就此前去、仝唱

越調正曲 水底魚兒 躡足前行。韻 先爲挖土坑。韻 一刀殺却。句合 唖手富翁成。韻 唖手富翁成。疊仝從下場門下觀

音菩薩白　遙觀兇惡之人、不良如此、圖財害命、可恨可恨、地藏菩薩白　這兩箇兇惡之徒、劫掠行商、以充慾壑、死已隨之、正乃漏脯救饑也、衆仝唱

仙呂宮正曲　好姐姐　猙獰、讀　那怕血風腥。韻　未劫財先斷頭頸。韻　窮兇極惡、讀　惟思白鏹盈。韻合　不管青天冏。韻　生生斷絕了菩提性。韻　今方知阿堵堪憎直寧馨。韻　衆擁護觀音菩薩地藏菩薩仝從下場門下

勸善金科 第四本卷上

第二齣 孝心再四却婚姻 古風韻

生扮羅卜戴巾穿道袍繫鑾帶從上場門上末扮益利戴羅帽穿屯絹道袍繫鑾帶隨上羅卜唱

商調引 高陽臺 爲覔蠅頭。句遠違烏養。句難禁旅邸傷懷。韻夢斷慈幃。句醒時月滿庭堦。韻縱然鶴背腰纏足。句怎比得負米歸來。韻到如今。句恩輕利重。句意亂情乖。韻中場設椅轉場坐科白 羊羔能跪乳反哺羨慈烏每滴思親淚飄零在客途自從父親辭世喪葬已畢理當守墓三年爲因老母說道齋僧布施費用浩大難以接濟爲此特遣我出來經商貿易自到蘇城只爲貨物羈身不能回家省視萱堂如何是好天嗄但願貨物早早發完卽便捆載而歸承歡膝下方遂吾意正是覓利慚無子貢術思親徒望狄公雲益利從下場門下丑扮媒婆穿老旦衣繫包頭從上場門上唱

仙呂宮正曲 勝葫蘆

撮合全憑兩片唇韻開口便說美姻親

韻只要局成兩姓諧秦晉。韻合花紅酬謝、讀還圖一箇醉醺醺。韻白來此已是王店主在家麽、外扮王店主戴氈帽穿道袍從下場門上白成家當儉約作事要公平、作出門科白媒婆來了、所言之事如何了、媒婆白有了、洪巷內張家恩養一女、年已十五歲、美貌端莊、願與傳家客人爲側室、王店主白如此却好、同我進去、作引媒婆進門相見科場上設椅各坐科王店主白傳官人、這是我本坊一箇媒婆、這裏張家有箇女兒、特來與官人

作伐　媒婆白　傳官人恭喜賀喜這張家女兒年方十五美貌娉婷情性又好鍼線又好願與官人爲側室只要官人應許即便送來成親　羅卜白　原來爲此且不必多言聽我道來　唱

商調正曲　高陽臺

勞攘風塵句經營財貨句因遵母命而來韻客邸思親句時時珠淚盈腮韻　媒婆白　做親乃是喜事爲何掉下淚來　羅卜唱　這襟懷韻偶然提起便增悲也句又何忍背慈親聘納裙釵韻令我勸冰人把婚姻

簿籍。句 一筆勾裁。韻王店主媒婆唱

又一體 聽解。韻 這段姻親。句 眞堪匹配。句 請君休得疑猜。韻媒婆唱 果然是 玉骨冰肌。句 溫柔不比凡儕。韻王店主白 傳官人、唱 你自揣。韻 這客窓寂寞無伴侶。句 恐長漏迢迢難捱。韻媒婆仝唱合 勸君家速宜許諾。句 便當納采。韻羅卜唱

又一體 休再。韻 把艷麗頻提。句 語言相誘。句 徒爲惱亂人懷。韻 怎知我 孝義持身。句 難將倫理輕乖。韻白 二位

有所不知、我今遠別慈幃、刻刻念想、那有心情論及姻事、況且先君在日、曾聘曹宅之女爲妻、目今尚未過門、豈可在此別娶、唱莫怪。韻我言詞瑣瑣來峻拒。句辜負了美情相愛。韻各起隨撤椅科王店主媒婆唱合這般說鸞凰難配。句連理難諧。韻益利仍從下場門上羅卜白益利、取五錢銀子、送與媒婆折茶、益利向下取銀隨上作付銀科媒婆白親事不成、倒要官人破鈔、羅卜白有慢了、心中常憶我慈幃、王店主白客貨羈身不得回、媒婆作出門科白空言旅邸婚姻事、仍從上場門下羅卜白一任楊花作雪飛、從下場門下王店主白益利哥你們這位官人果是正人君子方纔那媒婆呵、唱

又一體

把少艾。韻似玉如花。句甜言蜜語。句千般說合將來。韻白官人呵、唱匪石心腸。句分毫不惹情懷。韻益利唱他長齋。韻虔心奉佛兼孝母。句遠嗜慾不近裙釵。韻王店主仝唱合似這等正心持敬。句眞箇奇哉。韻仝從下場門下

勸善金科　第四本卷上

第三齣　眞金銀旱資佛力　古風韻

副扮寒山丑扮拾得各戴頭陀髮𩬊金箍穿氅繫絲縧帶太平錢從兩場門分上跳舞科仝唱

越調正曲　豹子令

我是蓬頭赤脚仙。韻赤脚仙。格瀟瀟灑灑半青天。韻半青天。格世人供奉盡誠虔。韻管取今年勝舊年。韻合嬉遊人世播金錢。韻

又一體

我是招財利市仙。韻利市仙。格行行步步踹金

錢。韻踹金錢。格好與人間結善緣。韻管取財利湧如泉。韻合隨人祈望使歡然。韻分白自家寒山是也自家拾得是也曾在人間獲財源之數倍偶來天上現神通於四方人見蓬頭赤脚都稱利市招財我却混俗和光假號寒山拾得似二而一任從分別由他你卽是我不必明言說破正是月落烏啼霜滿天江楓漁火對愁眠姑蘇城外寒山寺夜半鐘聲到客船

小生扮善才戴線髮軟紥扮持淨水瓶從上場門上白謹領慈悲旨傳與二

神仙、作相見科白 二位大仙稽首了、寒山拾得白 洪善哥從何而來、善才白 我奉觀音菩薩之命今有商人傅羅卜思親甚切只爲貨物停留覊身旅邸請二位大仙變作凡人可卽點石爲金將他貨物照數買盡使他早早歸家不得有悞、寒山拾得白 就煩回覆菩薩我等理會得請了、善才白 請了傳遞二仙語回覆大士知、從下場門下寒山拾得白 這商人乃是天宮勸善太師傅相之子他的善根不淺你我變爲弟兄再化出些銀子到

彼買貨便了、作誦咒科地井內變出聚寶盆科寒山拾得白　我想這銀子呵、唱

南呂宮正曲　紅衲襖　他本是乾坤內濟世丹。韻人爲你夜忘眠晝失餐。韻無了你世人難做施爲漢。韻要了你士夫難爲淸正宦。韻義當取得了你用得安。韻義當辭貪了你招禍患。韻歎世人身旁一旦無君。句也。格開口求人難上難。韻寒山白　你我趁早到店中、以完其事便了、只是你我二人、如何帶這許多銀兩前去、再當變些僕人

車輛方好前去堪羨慈祥行孝道、拾得白　須知佛力慧
恩施、仝從下塲門下雜扮寒山拾得化身各戴巾穿道
袍雜扮二家人各戴羅帽穿屯絹道袍繫鑾帶雜隨意
扮四車夫各推車仝從下塲門上各作取金銀載車內
科隨撒聚寶盆科寒山拾得化身白　我等就此前去、衆
仝唱
慶餘　論錢財原不許人謀幹。韻歎舉世求財不得安。韻
豈知道致富根源只在方寸間。韻作到科寒山拾得化

身白　裏面有人麽、外扮王店主戴氈帽穿道袍從上場門上白　纔送客商成貿易、又聞剝啄叩門聲、是那箇、作出門相見科白　原來是二位客官、到此何事、寒山拾得化身白　聞得貴行內、有箇傳官人、儘有綾羅紬緞在此發賣、特來與他交易、王店主白　二位既來交易買賣、待我請出傳官人來、當面講價便了、作進門科白　傳官人有請、生扮羅卜戴巾穿道袍繫鑾帶從上場門上白　主人呼喚語、未審有何言、王店主白　有二位客官、特來與傳官人講論買貨交易、羅卜白　既如此此就請相見、王店主作出門科白　請到裏面看貨、作引衆進門各處白相見科搗上設椅各坐科寒山化身白　主人家傳官人乃忠厚君子、他的貨物也不消看得、只憑主人定價算該多少銀子、兌了就是了、王店主白　二位這等豪爽、自當領命、寒山拾得化身向二家人白　你們到後面去撿點貨物、算明價值、該是多少、即兌銀兩、天平要兌得准准的、二家人應科仝四車夫作推車進門科從下搗門下

寒山化身白　幸遇傳官人少年英俊、敢邀到小娘兒家去一敘罷、羅卜白　戒之在色、不敢、拾得化身白　既然如此、敢邀到酒樓一坐如何、羅卜白　卑人從不飲酒茹葷、不敢奉命、寒山拾得化身白　原來如此、少年老成、客中少有、王店主白　傳官人果然不近酒色、請到後堂兌准了銀子、一面發貨便了、各起隨撤椅科、仝從下場門下二家人、仝四車夫作推車載綑疋、仍從下場門上、寒山拾得化身隨上、仝作出門科、寒山拾得化身白　總緣傳

羅卜孝善雙修所以感動菩薩令我們幻化前來使他獲利早歸成全孝念我們要這緞疋何用衆虛白發諢

科仝從下場門下

第四齣　僞將相同耀軍威　蕭豪韻

丑扮鄭賁戴幞頭穿蟒束玉帶從上場門上唱

中呂調　喜春來　套曲

范雲曾比朝聞道。韻 創業元勳可倖邀。韻 指揮令定失蕭曹。韻 新國老。韻 拭目賀新朝。韻 白 自家大楚皇帝駕前謀臣鄭賁是也我主上自破汴城之後王師到處無不投降眼見唐室江山不保爭奈朱泚竊據長安負固不服因此吾與衆文武勸吾王先登大

寶早定國號以收天下民望今日是操演發兵日期只
索在此伺候從下場門下雜扮八小軍各戴馬夫巾穿
蟒箭袖卒褂執旗雜扮八軍卒各戴卒盔穿蟒箭袖排
穗執標鎗丑扮周曾戴荷葉盔紮靠持旗小生扮李克
誠戴八角冠紮靠持旗各乘馬雜扮二馬夫各戴馬夫
巾穿箭袖卒褂各牽馬引淨扮李希烈戴王帽穿蟒束
玉帶乘轎從上場門上雜扮八轎夫各戴紅氈帽穿箭
袖轎夫衣擡轎雜扮執纛八戴馬夫巾穿蟒箭袖卒褂

執纛隨上衆遶場科全唱

中呂調套曲　石榴花　陣容嚴整肅鳴鑣韻　列旆動雲旓韻　按陰符祕策辨分毫韻　領軍的將校韻　逐隊齊旚韻　千麾萬騎隨呼召韻　喜孜孜賈勇矜豪韻　鳥蛇龍虎天然造韻　誰似俺玉帳練戎韜韻

作到科場上設平臺虎皮椅科鄭賁持旗仍從下場門上作迎接科李希烈下轎周曾李克誠下馬轎夫馬夫從兩場門各分下李希烈陞座衆各分侍科李希烈白　傳令各營將佐齊到臺前聽

孤面諭、鄭貴白 領旨、聖上有旨、命各營將佐齊到臺前、聽萬歲面諭、衆應科 李希烈白 蒙衆位推孤爲天王之位、國號大楚、協於圖讖、上合天心、爾文武諸將務體孤意、努力建功、平定之後、富貴共之、決不失信、今日操演出師、以安天下、聽孤道來、衆應科 李希烈唱

中呂調套曲 滿庭芳 須索要持麾振鐸。韻 心專步伐。句 令戒喧囂。韻 六花排就旌旗耀。韻 好一片蔽日干霄。韻 重擐鎧犀文金鞍。韻 鬭雄鋒強弩長矟。韻 佇聽得歡聲鬧。韻

功成這遭。韻英氣溢金鐃。韻衆應科李希烈白吩咐開操、周曾李克誠白吩咐開操、衆應吶喊科從兩場門各分下雜扮八小軍各戴紮巾穿蟒箭袖繫肚囊持鎗從兩場門各分上跳舞科雜扮八小軍各戴紮巾穿蟒箭袖繫肚囊持刀從兩場門各分上合舞科衆全唱

中呂調套曲【紅芍藥】忽刺刺駿馬揚鑣。韻謾延延停轡鳴鞘。韻陣勢常山似蟠蛟。韻還仗那玉斧親操。韻好一似行車熟。句布棋高。韻太乙奇文共曉。韻有日裏兩敵相交。

韻獨運心標。韻管教他萬騎奔逃。韻全從下場門下李

希烈白你看衆軍兵、雄威似虎、勇猛如彪、試看踴躍奔

騰、果然擺得好陣圖也、雜扮八小軍各戴紮巾穿採蓮

衣繫戰腰持雙刀從兩場門各分上跳舞科雜扮八小

軍各戴紮巾穿採蓮衣繫戰腰持棍從兩場門各分上

合舞科衆仝唱

中呂調套曲　攤破喜春來　旋身盤舞風翻纛。韻撩眼光明電

掣刀。韻排金甲錦雲鋪。句躍威弧花雨驟。句衝戰壘鼓

音高。韻沸沸的驚海濤。韻轟轟的撼嶺島。韻簇擁着牙帳裏影飄颻。韻全從下場門下李希烈白你看衆將好勇略也。唱

中呂調喬捉蛇套曲

旗影陣雲飄。韻劍色霜花耀。韻白鄭賁、孤拜你爲丞相、唱全仗你留侯帷幄定幾先。句白周會、李克誠、孤拜你二人爲大將、鄭賁周會李克誠全作拜謝科李希烈唱全仗你建瓴之勢如振槁。韻麟閣上。句雲臺上。句奇勳千載表。韻將聚米圖擺就把塵氛掃。韻

衆軍卒從兩場門各分上李希烈白　周曾李克誠來曰

提兵進取天色已晚、就此擺駕回宮、衆應科李希烈下

座轎夫擡轎馬夫牽馬從兩場門各分上李希烈上轎

鄭賁周曾李克誠各乘馬遶場科衆全唱

煞尾

聽烏烏畫角起麗譙。韻看沉沉殺氣幾層罩。韻矯

鴻龍、讀蟠玉狗、讀軍昌兆。韻好奏俺大楚軍中破陳樂

韻全從下場門下

第五齣　姊弟同謀甘作孽　古風韻

旦扮劉氏穿氅從上場門上小旦扮金奴穿衫背心繫汗巾隨上劉氏唱

正宮　緱山月引

異類肆狂顛。韻　一味逞胡言。韻　想無端讀　輕信悔當年。韻　笑終無成就。句　何須持戒讀　那用參禪。韻

中場設椅轉場坐科白　易漲易退山溪水易翻易覆小人心。當初僧道尼姑。老身待他甚厚。豈知前日皆出

狂言相識昨日肉饅首機事不密被他叅破已曾着人去請兄弟商議將異類一槩逐去方稱吾心想必來也金奴看酒伺候金奴應科副扮劉賈戴巾穿道袍從上場門上白心內未能知皂白眼中曾不辨賢愚成家只用千般計教子何須萬卷書作到進門相見劉氏起迎科場上設椅各坐科劉賈白姐姐凡此異端不忠不孝削髮而無君親遊手遊食異服以逃租稅聖賢鄙之爲異端叱之如禽獸當時聽其逃惑空望長生今日肆爲

狂言自行短計何不吩咐家人委令各莊佃戶各持乾柴一把將齋房燒燬各執大鋤一柄將橋梁拆掉則倒其樹而羣鴉自散焚其居而異類自逃義所當爲何疑之有、劉氏白 兄弟之言正合我意就煩賢弟走一遭、劉賈白 兄弟當得與姐姐除恨、劉氏白 快看酒來、金奴應科各起隨撤椅塲上設桌椅各坐科金奴送酒科劉氏

唱

正宮正曲 划鍬兒 淫詞汎濫稱仁義。韻 今當放逐又何疑。韻

須迸諸四夷。韻豈容中國。韻合常言道祭非其鬼。韻是爲諂矣。韻見義當爲讀聖人道理。韻劉賈唱

又一體

聖賢道炳如星日。韻異端爲害去宜亟。韻屏逐使遠離。韻此心方已。韻合常言道祭非其鬼。韻是爲諂矣。韻見義當爲讀聖人道理。韻劉氏唱

正宮正曲　四邊靜

想吾家施捨無窮際。韻伊何自違背。韻今日罹災危。韻噬臍亦何及。韻合異端旣闢。韻正道斯立韻雖使聖人興。句吾言豈能易。韻劉賈唱

又一體

那　異端無事食人食。韻　須當感恩德。韻　伊今不三思。叶　反說人過失。韻合　異端旣鬭。韻　正道斯立。韻　雖使聖人與。句　吾言豈能易。韻各起隨撤桌椅科全唱

慶餘　笑他鼓舌搖唇輩。韻　果然是操戈入室。韻只教他禍起蕭牆總不知。韻劉賈作出門劉氏金奴作送科全從下場門下劉賈唱

調正曲　高大石　䆁地錦襠　尼姑僧道忒心歪。韻　口出狂言惹禍胎。韻　敎他閉戶坐家宅。韻合　禍起須臾天上來。韻白　來

此已是各莊了其實僧道與我無讐因他不敬我家姐姐我也顧不得了衆佃戶那裏雜扮衆佃戶各戴氈帽穿各色道袍喜鵲衣繫腰裙從上場門上分白負耒耕春畝荷鋤撅夏渠但求秋有望快活過冬時仝白原來是舅爺有何吩咐劉賈白有一事相煩你們衆佃戶白但不知舅爺有什麼事情我們當得効勞劉賈白不是我的事老安人有命着你們各持乾柴一把將齋房燒燬各執大鋤一柄將橋梁拆掉則倒其樹而羣鴉自散

焚其居而異類自逃、衆佃戶白人家還要修橋補路倒教我們燒房拆橋這却不敢從命、劉賈白你們這些奴才好可惡老安人怎麽相待你們你們若是不肯去作速搬去、衆佃戶白我們就搬、一佃戶向衆佃戶白列位我們商量商量他教我們燒齋房拆橋梁罪作與他自已與我們什麽相干如今只問他要犒賞便了、衆佃戶白說得有理舅爺我們依從了煩舅爺在安人面前討些犒賞如何、劉賈白你們依從了待等交納秋糧時每石少交一斗便了。衆佃戶白　多謝舅爺。劉賈白　你們快取出鍬钁火把來，以便銃倒橋梁、燒燬齋房。衆佃戶應科　向下各取鍬钁隨上　劉賈衆佃戶全唱

越調正曲　豹子令

佃戶聽我說事因。韻　說事因。格　一人一把燥柴薪。韻　燥柴薪。格　橋梁拆倒齋舍焚。韻　教他頃刻化灰塵。韻合　各人須索要辛勤。韻全從下場門下

第六齣　莊佃奉命肆行兇　庚青韻

雜扮三小鬼各戴鬼髮穿箭袖卒褂引末扮社令戴紮紅幞頭穿圓領束角帶從上場門上白

職位雖卑法力尊糾查善惡究根因縱敎智巧公輸似難出恢恢鐵網門小聖社令之神管理一方之保障巡察善惡之分明今有傅門劉氏開葷以來造下許多惡事如今又與兄弟劉賈商議令各莊佃戶人等各持鐵

鍬乾柴竟要燒燬齋房並將橋梁鍁倒可憐這齋房內有多少殘疾僧道盡遭傷害共受其殃劉氏我把你這些造惡之事椿椿詳察若然逃得陽世之報却也難免陰府之懲正是善惡到頭終有報只爭來早與來遲唱

正宮正曲　四邊靜

傅公積善登仙境。韻天府列台鼎。韻劉氏忽開葷。句戕賊生靈命。韻合陰司報應。韻神明作証。韻善者降嘉祥。句惡者寃相證。韻全從下場門下場上設會緣橋科副扮劉賈戴巾穿道袍領雜扮衆個戶各戴

氈帽穿各色道袍喜鵲衣繫腰裙持鍬钁火把全從上場門上唱

高大石調正曲 窣地錦襠

忙持鍬钁共同行。韻 拆毀橋梁不暫停。韻 齋房頃刻火光熒。韻合 管取須臾一坦平。韻作到科劉賈盧白命衆佃戶拆橋放火科雜扮衆僧道尼各戴僧帽道巾穿僧衣道袍從兩場門分上隨意發諢遶場從兩場門分下衆佃戶作搶衣物科向劉賈白 禀介

舅爺我們搶下這些衣服法器任憑舅爺將好些的揀

幾件、剩下的、好待我們拿去便了、劉賈白 我舅爺豈是愛這些東西的、你們拿去均分、買酒喫罷、衆佃戶白 多謝舅爺、仝唱

又一體 虎威狐假也堪驚。韻 燒燬齋房没半星。韻 橋梁拆斷更誰登。韻劉賈唱合 這番顯我大威名。韻衆仝從下場門下

勸善金科第四本卷上

第七齣　老忠臣捐軀賊境

江陽韻

雜扮二武士各戴卒盔穿雁翎甲執金瓜全從上塲門上分白

文昌新入有光輝、紫界宮牆白粉闈、曉日雞人傳漏箭、春風侍女護朝衣、全白我等乃大楚王爺殿下值殿將軍是也、今早御朝已畢、此時將至便殿議事、須索伺候者、全從下塲門下雜扮四小軍各戴馬夫巾穿蟒箭袖

卒褂雜扮四軍卒各戴卒盔穿蟒箭袖排穗佩刀引淨扮李希烈戴王帽穿蟒束玉帶從上場門上唱

中呂宮引　**菊花新**　統兵百萬逞强梁。韻　眼看中原作戰場。韻　展土與開疆。韻　平天下易如翻掌。韻　中場設椅轉場坐

科白　推戴天心順謀猷賴衆臣建元初御極自此掌乾坤孤家李希烈世受唐恩本不當興兵作亂深承衆將推舉猶如矢在弦上不得不發耳所以勉從衆議僭號大楚虎踞襄城似非盛德之事罷嗄男子漢不能流芳

百世、亦當遺臭萬年也、昨遣周曾李克誠、領兵前進、孤家不日之間、便當親往督戰、便了、快宣鄭丞相上殿議事、一軍卒應科白 王爺宣鄭丞相、上殿議事、丑扮鄭賁戴幞頭穿蟒束玉帶執笏從上場門上唱

商調引 接雲鶴 從龍此日喜非常。韻 頭廳宰相効劻勷。韻

白 下官鄭賁是也、蒙主公寵眷言聽計從、只為顏眞卿那老兒抗志不降、今日當與主公定計、必要斷送他便了、作進門叅見科白 主公鄭賁叅見、李希烈白 丞相近

日可聞得外邊傳揚之事麽鄭賁白那外邊皆言主公應天順人建立大統遠邇無不歸心惟有顏眞卿那老兒好生倔强口出狂言惑亂人心主公必須早爲剖決纔是李希烈白那顏眞卿頗有聲名孤家不忍將他加害鄭賁白主公如今一些也不難今日喚他到來一面擺下金珠玉帛一邊設着斧鉞鼎鑊他見利害分明在眼前不怕他不降順他若決意不降卽便加以誅戮這也不爲過也李希烈白丞相言之有理人來快請顏尚

書上殿議事一軍卒應作出門科從上場門下李希烈

白喚刀斧手兩旁伺候衆應科雜扮四刀斧手各戴將巾穿蟒箭袖排穗佩刀從兩場門分上侍立科一軍卒引外扮顏眞卿戴紗帽穿蟒束玉帶從上場門上唱

仙呂宮正曲 風入松 平生實用在綱常韻 也曾把彝倫細講韻 擔一肩重任言非妄韻 今日裏 把蘇卿節仗韻 白下官刑部尚書顏眞卿是也奉旨宣慰李希烈諭以順逆之道被他覊留二十餘月不道他竟自稱爲大楚皇帝

有那無知奸黨昧絕天理附從叛逆今日相見當以大義曉之使他反正他若萬一不從我惟一死而已（唱合）憑着我心堅志剛（韻）去消頑梗化强梁（韻）（一軍卒作進門科白）顏尚書到（顏真卿作進門背立科李希烈白）顏尚書寡人被文武衆官逼迫不過只得勉登大寶以順天心今日特請尚書到來問以治平天下之道（顏真卿白）節度使差矣公受國恩自當盡忠報國克全大義豈可突起邪謀自取滅亡之禍（李希烈白）一派無稽之談

顔眞卿唱

又一體　你榮膺節鉞鎮封疆。韻　當仰報天恩高廣。韻　如何反把戈相向。韻　却學那亂臣操莽。韻合　少不得一朝敗亡。韻　千萬載臭名揚。韻　鄭賁白　老尚書還該順從纔是、那不遜之言、不必多講罷、李希烈白　你豈不知天下者乃天下人之天下、非李氏之天下、昔舜禹受禪湯武應天、於我有何不可、唱

又一體　我　躬膺圖籙坐明堂。韻　誰箇不傾心尊仰。韻　獨

伊出語多無狀。韻 口雌黃故相違抗。韻 似當車不知忖量。韻 逞怒臂學螳螂。韻 顔眞卿白 李希烈你說的話好不識羞昔者文王三分天下有其二以服事殷你今德非文王豈可妄爲請自三思 李希烈白 哇庸才不識大體反把言語來挺撞與我今日之勢執子嬰於咸陽殪商辛於牧野誰能攩我快將登極之後應行事宜一一細寫出來庶可轉禍爲福 鄭賁白 老尚書須要趁此依從可圖爵祿 顔眞卿白 胡說你且歷數自古簒逆之人能保首領者有幾、你今速速回兵請罪、復修臣節、則天下生民、皆沾福庇、足下身家、亦得保全、我今無過一死、何足懼哉、但可惜汝以垂白之年、將來懸首高竿、永爲悖逆之鬼矣、李希烈白 這老賊好生無理、快把他綁起來、衆應作綁顏眞卿科李希烈白 你若不降、我即將汝斬首、顏眞卿白 反賊、唱

又一體

我如歸視死姓名香。韻 怒轟轟罵賊身亡。韻看一腔正氣充天壤。韻 昧不了千秋靈爽。韻濮白 我乃是

忠肝義膽之漢、心如鐵石堅剛、生前仗節死後名揚、誰
似你欺君叛國、一旦背主忘恩賊、唱合 滔天罪難逃法
網。韻 要剖腹更屠腸。韻 李希烈白 可惱、快將這老賊推
出斬首、衆應科顏眞卿作大笑科白 奸賊、你把死來嚇
誰、你把死來嚇誰、唱

中呂宮正曲 撲燈蛾 貞良烈士心。句 貞良烈士心。疊 慷慨無
多讓。韻 視死若含飴。句 俺待笑歸泉壤。韻 也。格 我 忠魂
義魄。句 做一箇 陰空厲鬼肆披猖。韻 早晚間災生禍降

韻合難輕放、讀把生前殺賊的志兒償。韻四刀斧手作

推顏眞卿出門科從下場門下內白開刀、李希烈白好

一箇不怕死的忠臣、鄭賁白果然好箇不怕死的忠臣、

實是難得、李希烈白丞相、你可學得他來、鄭賁白臣要

學他萬不及一、一刀斧手持首級仍從下場門上作進

門科白獻首級、鄭賁白拿過了、刀斧手作出門科仍從

下場門下生扮採訪使者化身戴道巾穿道袍繫絲縧

持拂塵從上場門上白凡屬吾曹採訪事、未曾舉意已

先知、作進門相見科白 貧道見禮了、李希烈白 道者何
來、採訪使者化身白 貧道雲遊到此見大王屈斬忠良、
還該修省莫貽後悔、李希烈白 無知妖道輒敢胡言軍
校拿去砍了、衆應作捉採訪使者化身科採訪使者化
身作出門科從下場門下衆軍卒作趕下隨持衣服上
作進門科白 啓大王那道人化一陣凊風忽然不見了、
李希烈白 化一陣凊風而去了這也奇怪、鄭賁白 主公
不必驚恐這就吽清風道人嗄、雜扮採訪使者戴嵌龍

幞頭穿蟒束玉帶從天井乘雲兜下白　李希烈、李希烈

作驚起隨撤椅科採訪使者白　汝久領節鉞、身受國恩、

竟不思盡忠報主、遽然叛逆稱王、殺害忠臣義士、誅戮

黎庶人民、不計其數、吾當奏聞天聽、將來報應昭彰、難

逃果報也、仍乘雲兜從天井上李希烈白　原來有此奇

異之事、如今怎生是好、鄭賁白　主公、這叫做一不做二

不休、索性整頓人馬、協同周曾李克誠督兵前去、立取

長安、豈不是好、李希烈白　丞相言之有理、傳諭衆將准

定來日進兵便了、衆應科全唱

看天神般師旅多雄壯。韻映日華的金鋒雪亮。韻

笑你那唐室君臣怎生樣來抵擋。韻衆全從下場門下

第八齣　衆仙侶把臂天庭　齊微韻

雜扮金童戴紫金冠穿氅繫縧縧執旛雜扮玉女戴過梁額仙姑巾穿氅繫縧縧執旛引外扮顏眞卿戴紫紅紗帽穿蟒束玉帶從右旁門上唱

南呂宮引　生查子　浩氣凌霄結。句丹心化碧飛。韻一朝盡臣節。句萬古把名題。韻白隻身羸得許多强濺血能噴辱跳梁、卻怪人臣皆怕死、那知一死姓名香、我顏眞卿豈不知僥倖圖生只是堂堂天地間沒有一種正氣流行還成什麼世界我想人生無百年之富貴而有萬載之忠良那身家性命一時看得太重日後就落得太輕了今日身歸陰府蒙玉帝收錄仙曹閻君差金童玉女相送竟上天堂正是雖死猶生矣爾等可回陰府多多致意閻君金童玉女作拜別科仍從右旁門下內奏樂科

顏眞卿白你聽仙樂畢奏瑞氣翔空不知有何神聖來也雜扮張巡許遠南霽雲雷萬春各戴紮紅紗帽穿蟒

東玉帶仝從昇天門上分唱

正宮 三疊引 丹誠皎皎碧天齊。韻 充塞乾坤正氣。韻 南引八喜垂名。句 留得英風遺世。韻 分白 吾乃張巡是也、吾乃許遠是也、吾乃南霽雲是也、吾乃雷萬春是也、作相見科仝白 顏公請了、顏眞卿白 請了、相逢一笑、恰會三生、張巡等白 玉帝知公將到、特命我等恭候已久、就請起行、顏眞卿白 列位、我想、唱

羽調正曲 勝如花 千秋業皆自期。韻 臨難致身有幾。韻 張巡

等全唱　總則爲怕死貪生句　做盡了藏頭露尾韻　抹却那綱常名義韻合　誰箇不堅剛素持韻　幾人得忠貞不移韻　視死如歸韻　這關頭休畏韻　博得箇鬚眉無愧韻

顏眞卿白　咳爲子死孝爲臣死忠死得其所豈非慶幸乎　唱　報君恩分所當爲韻

張巡等白　我們再往前行　內奏樂科　雜扮八仙各戴八仙巾穿八仙衣持八仙切末　生扮福星戴福星帽穿福星衣持手卷末扮祿星戴祿星帽穿祿星衣持如意副扮壽星戴壽星頭穿壽星衣

捧太極圖仝從昇天門上遶場場上設平臺科八仙福

祿壽三星仝上平臺立科顏眞卿張巡等作觀望科仝

唱

中呂宮正曲　千秋歲

躡丹梯。韻身喜來天際。韻幾陣陣香靄烟霏。韻那天上神仙。句那天上神仙。叠覿面處讀笑相看宛同夙契。韻八仙福祿壽三星仍從昇天門下隨撤

平臺科顏眞卿張巡等仝唱合

謾步入太讀羅天地。韻暫立向讀紅雲內。韻俯瞰塵寰世。韻看齊州九點讀城郭

依微。韻內作風雷聲科雜扮四電母各戴包頭紮額穿宮衣紮袖持鏡雜扮四雷公各戴紫金冠髮紮靠紮套翅雷公鼓持錘鏨雜扮雨師戴監髮穿蟒箭袖繫肚囊執旗老旦扮風婆戴包頭紮額穿老旦衣繫腰裙負虎皮全從昇天門上遶場科仍從昇天門下顏眞卿張巡等作觀望科仝唱

中呂宮正曲　越恁好

雨師風伯。句雨師風伯。疊看紛紛天半馳。韻丹霄裏隱現。句掣疾電響奔雷。韻影輝輝彩霓。韻

影輝輝彩霓。疊曲彎彎飛梁兒讀駕得恁巍。韻整齊齊擺開。句整齊齊擺開。疊蕩悠悠龍蛇般讀幾隊繡旗。韻

合雲中奏風外吹。句一派仙音沸。韻去瞻依玉座讀朝叅丹陛。韻

慶餘天堂只在人心裏。韻說與伊行知不知。韻願臣子箇箇丹衷皆似咱共你。韻全從昇天門下

第九齣　幸乘機朝紳出走　古風韻

外扮朱紱戴巾穿道袍從上場門上唱

仙呂宮引　風入松慢　蕭蕭白髮已盈頭。韻課督弓裘。韻杜門盡日躭詩酒。韻惟將花竹忘憂。韻每思靜坐焚香。句怎奈亂離時候。韻中場設椅轉場坐科白老去無妻陸地仙、悠悠歲月任留連、烽烟四起誰爲主、無事安能保百年、老夫姓朱名紱、字艷前、原籍陳州人也、幼叨甲第、曾任隴州司馬因見世路紛紛以此棄職歸家逍遙自適只是一件老夫年過六旬不幸院君早喪止生一子名曰朱紫貴曾聘華家之女尚未完婚值此亂離時候朝不保暮老夫又景入桑榆如何是好日間聞得李希烈叛兵沿途抄掠已到陳州這城中好事少年紛紛擾擾共相團聚要去獻城降賊我想這箇時候人心思亂俗諺云大亂居鄉小亂居城不免喚孩兒出來商議一番孩兒那裏小生扮朱紫貴戴巾穿道袍從上場門上唱

商調引 接雲鶴 撫時悲切黍離憂韻 干戈滿地甚時休韻

作拜見科場上設椅坐科朱緞白 我兒你只知閉戶讀書那曉得外邊時勢目今兵戈四起滿城中百姓驚慌我與你還要這樣聚首安居只怕就不能彀了

朱紫貴白 孩兒爲此也正憂惶唱

仙呂宮正曲 惜奴嬌序 遍地戈矛韻 怕安危未卜讀 家園難守韻 煢煢父子句 却向何方奔走韻 颼颼韻 一派烽烟來斥堠韻 路途中多僝僽韻合 年尚幼韻 怕是 天涯海

角讀骨肉分儔。韻朱紱白你自幼讀書、不識路徑、我又年過六旬、不堪奔走、如何是好、唱

又一體

還愁。韻白髮蒙頭。韻況四郊戎馬讀亂離時候。韻似浮萍靡定。句如哀鴻嘹嚦滄洲。韻休休韻相對不禁眉雙皺。韻看淚濕羅衣透。韻合年尚幼。韻怕是天涯海角讀骨肉分儔。韻內吶喊各作驚起隨撤椅科朱紱白你聽這喧嚷之聲、想必是賊兵臨境了、我與你快些收拾行囊、大家出城去、朱紫貴白爹爹言之有理、各作

負包裹繫轡帶科朱紱白 我們就此出北門去便了。全作出門科唱

小石調正曲 **駡玉郎** 失火城門魚受殃。韻你看兵戈列。讀劍戟張。韻聲聲武耀與威揚。韻我淚珠汪。韻難脱。讀離亂悲傷。韻朱紱白 我兒來到北門。却又城門緊閉。如何是好。雜扮四軍卒各戴將巾穿蟒箭袖排穗佩刀引副扮伊官鍾戴帥盔紮靠佩劍從上場門上唱 看奔竄違違。疊休想着。讀遠遁潛藏。韻朱紱白 老先

生是學生父子要出城去的望開放一開放伊官鍾白甚麽老先生你不曉得大楚周元帥兵馬到此立取闕中我們獻了此城如今是箇現任叅謀命我把守這北門一槩人民不許擅自放出你如何輒敢亂言本該把你軍法從事姑念你是桑梓免加究治快去罷仍從上場門下朱紫貴白爹爹如今怎麽處朱叙白没奈何只得再和你往東門去罷仝作遶場科唱且疾行那方。韻且疾行那方。疊博得箇拽尾而藏。韻免做了觸網而傷

韻朱紱白你看東門又早已閉在此、如何是好、雜扮四
小軍各戴馬夫巾穿蟒箭袖卒褂佩刀引末扮曾守才
戴帥盔紮靠持令旗從下場門上唱恁兩人如醉如狂。
韻恁兩人如醉如狂。疊疐尾跋胡、讀似竄豺奔狼。韻白
你兩箇敢是奸細麼、朱紱白我們是要出城去的、曾守
才白我學生助餉守城、蒙周老爺加陞守備在此盤詰
東門、若放了你出去、是我狗私而廢公了、唱合受乃職
讀盡乃心。句恩劄難忘。韻怎做得順人情、讀把居民齊

放。韻內喝道科雜扮報事人戴鷹翎帽穿窄袖繫肚囊從上場門上白 稟爺張老爺到來查勘、曾守才白 知道了、報事人仍從上場門下曾守才白 快將他二人押過一邊、衆應科雜扮四小軍各戴卒盔穿蟒箭袖卒褂執標鎗引淨扮張佑大戴帥盔紮靠佩劍持馬鞭從上場門上唱

又一體 井底居蛙自稱强。韻 仗着雙鋒劍、讀 丈八鎗。韻

更有朱旗畫戟顯威揚。韻 好風光。韻恰 便是讀 蟻陣蜂

王。韻作下馬科曾守才白 守備接老爺、場上設椅張佑大坐科朱紱朱紫貴作虛白跪求科張佑大白 你兩箇是甚麼人、朱紱白 我們是要出城去的、唱 望大人細詳。韻 望大人細詳。疊 當權、讀 做箇周方。韻白 老夫叫做朱紱、是本處鄉紳、這箇就是小兒、張佑大白 你把鄉紳來欺壓我麼、如今是大楚世界了、似你這樣鄉紳、我要砍就砍、唱 看威風凛霜。韻 看威風凛霜。疊 比不得問鞫公堂。韻 說甚麼紳衿分上。韻白 本該一細四十、念你是箇

斯文一脈、左右、與我押在那裏、衆應科雜扮報子戴鷹翎帽紮包頭穿劉唐衣繫肚囊持令旗從上場門上唱

早探得敵不隄防。韻早探得敵不隄防。疊成羣三五、讀下馬停凉。韻合休得要、讀驚動他。句又復潛藏。韻望將軍發鐵騎、讀擒來受賞。韻白小人探得有三四十箇馬兵在土山上乘凉、望老爺速發大兵出去、一鼓成擒來也、張佑大白再去打聽、報子應科仍從上場門下張佑大白莫說三四十箇、就是三四百、也不怕他、既然如此、

曾守備快些披甲上馬待我與叅謀商議一番卽便出城便了、曾守才應科從下場門下朱紱朱紫貴復作虛白跪求科張佑大白造化了這一起人犯我無暇勘問、放他自便罷了、朱紱朱紫貴全從下場門急下張佑大白帶馬來、正是計就月中擒玉兎、衆全白謀成日裏捉金烏、衆全從下場門下朱紱朱紫貴從上場門急上朱紱白我兒你看亂離時勢如此光景且喜出得城門、我與你乘此機會快些向遠村避難去罷、朱紫貴白爹爹

說得極是。全作遶場科唱

慶餘 幸離虎口忙奔往。韻莫憚勞勞道路長。韻那得桃源好避殃。韻全從下場門下

第十齣 遭慘切愛女分離 庚青韻

老旦扮金氏穿老旦衣從上場門上唱

商調引 憶秦娥 傷薄命。韻 彩鸞分散餘孤影。韻 餘孤影。格 星星華髮讀 蕭蕭暮景。韻 中場設椅轉場坐科白 王謝堂前落燕泥天涯芳草夕陽低堪憐最是鶯雛弱怎比雲鵬萬里飛老身金氏幼適華門先夫華蘅官居朝散不幸中道分離只生一女小字素月技擅女紅堪羨閨中之蘭蕙心專藝苑謾誇筆下之蛟龍昔年許配朱門待年未字只是近日聞得李希烈僭號汴州人情鼎沸又說陳州一路望風生變從此打劫而來老身自想究居陋巷值此亂離之際此地決非避難之所已曾打發使女映波出外打聽消息不免喚女兒出來與他商議避亂的計策便了孩兒那裏（旦扮華素月穿彩從上場）

門上唱

又一體

愁多慣惹懨懨病（韻）日高猶自慵臨鏡（韻）慵臨

鏡。格花枝折得、讀侍兒代整。韻作拜見科場上設椅坐

科金氏白我兒自你父親亡後、家業蕭條、門庭冷落、正當于歸之期、又逢變亂之際、聞得陳州獻城降賊、賊兵搶擄而至、已着映波出去打聽消息、倘有緊急之信、我與你顧不得深閨嬌怯、只索收拾避難而行、方爲上策

華素月白母親、孩兒自幼生長深閨、那曾經長途跋涉、倘遇賊寇來臨、惟有一死而已、金氏白我兒、你說那裏話來、唱

商調集曲山羊轉五更山坡羊首至七歎衰年讀高堂孤另。韻念幼齡讀深閨嬌倩。韻恁遭逢讀四境荒荒。句怎支持讀母子煢煢命。韻內吶喊各作驚起隨撤椅科仝唱聽喊殺聲。韻令人心戰驚。韻料死生禍福皆難定。韻五更轉五至末一度思量讀一番悲哽。韻金氏白你看兵聲漸近、快些收拾、映波一到、即便逃生便了、各作搭包頭繫腰裙科仝唱怕遇雄軍。句逢劫掠。句遭强横。韻合奈斷腸腸斷無餘剩。韻若得生全讀便是邀天之幸。韻丑扮映波戴梅香箍穿衫背心繫汗巾從上場門急上白 忙將覆地翻天事報與深閨母女知、作進門科白 夫人小姐不好了、外面紛紛傳說賊兵兇勇、沿路搶殺而來、城中的百姓俱已走空了、老夫人我們如今不走、更待何時、華素月作哭科金氏白 如今也說不得了、和你快些走罷、仝作出門科唱

又一體 痛煞煞讀 逃生奔命。韻 渺茫茫讀 前途未定。韻 哭哀哀讀搵 不住淚珠。句 戰兢兢讀怕 魆地逢梟獍。韻

向僻路行。韻履霜心自驚。韻看荆榛塞滿崎嶇徑。韻白你看前面兩條小路不知從那一條去纔好。唱見草木叢叢讀中心畏警。韻内吶喊科金氏華素月唱怕遇雄軍。句逢劫掠。句遭強横。韻合奈斷腸腸斷無餘剩。韻若得生全。讀便是邀天之幸。韻雜扮四小軍各戴馬夫巾穿蟒箭袖卒褂持刀雜扮四軍卒各戴將巾穿蟒箭袖排穗佩刀引副扮伊官鍾戴帥盔紥靠佩劍持令旗從上場門上遶場作趕殺科金氏映波從兩場門分下伊

官鍾白 遇敵人人皆懼怯、謀財箇箇便強梁、衆小軍作捉華素月科白 拿得一婦人在此、伊官鍾白 我們拿他去見守城大老爺便了、衆小軍白 稟上將爺前面還有兩箇婦人、伊官鍾白 趕上拿來、衆吶喊科從下場門下金氏映波從兩場門分上金氏白 映波、你曾見小姐麼、映波白 不曾看見、金氏作哭科唱

南呂宮引 哭相思 無那中原起甲兵。韻 鶯雛失散淚如傾。韻 今宵燈下愁何限。句 只剩孤身弔影形。韻 仝從下場門

下合撞遮下救何限。只到本身由[illegible]形

宮引[illegible]

無那中原造甲兵營難火救須知道

宮白

奴些不曾發見金刀作[illegible]精

酒[illegible]人[illegible]喊[illegible]合會見中[illegible]

兩個婦人介官[illegible]白　擒上拿來[illegible]

太見守城大老爺便了。來[illegible]　真上將前面領[illegible]

拿行婦人在此　我們[illegible]

衆[illegible]只科白

過城人人皆識此[illegible]明[illegible]便[illegible]了

勸善金科第四本卷上

第十一齣 全節操烈女含悲 尤侯韻

雜扮四軍卒各戴將巾穿蟒箭袖排穗引丑扮周曾戴紗帽穿蟒從上場門上唱

越調引 霜天曉角

摧枯拉朽。韻 不放一人走。韻 欲待稍存將就。韻 已發殺與難收。韻 場上設公案桌椅轉場入座

科白 俺周曾奉主公之命進兵關中且喜三軍未至官吏先逃也有望風獻城也有投充帳下我曾四下搜掠

清楚、目下暫解征鞍、駐扎仙桃鎮、養兵蓄馬、已曾撥下數隊雄兵、分掠各處去了、怎生還不見他們到來繳令、末扮魯守才戴盔紮靠持令箭冊簿從上場門上白 手握令字旗、發出任施爲、美女盈船至、金珠滿載歸、作進門叅見科白 小將魯守才、分掠河東地面、繳回令箭、一軍卒接令箭科周會白 得了多少金銀、幾千人口、細細逐一報數上來、魯守才白 金銀珠寶等項、開在冊籍、共抄過縉紳八十名、婦女一百二十口、另有花名冊籍、共是一千分人家、呈冊簿科周會白好不中用、去了一箇多月、只抄得一千分人家、來日奏過主上、只好陞你做箇千長罷了、副扮伊官鍾戴盔紮靠持令箭冊簿從上場門上白手持飛羽箭、發出如雷電、陵谷換高深、世界須臾變、作進門叅見科白小將伊官鍾、分掠河北等處、繳回令箭、一軍卒接令箭科周會白得了多少金銀、幾千人口、可呈報數目上來、伊官鍾白金銀珠寶、衣服紬緞等項、開在冊籍、共抄過縉紳五百八十名、婦女五千九十口另有花名冊籍、共是九千九百九十九分人家、呈冊簿科周曾白好、這纔中用、你再抄一分人家、就足了一萬之數了、來日奏過主上、就封你做萬戶侯了、伊官鍾白多謝元帥、周曾白兩處縉紳、監在一處、今日先帶婦女等過堂、待我親自挑選、選幾箇中看的、我要留用、出座隨撤公案桌椅科雜扮衆難婦各穿各色衫從上場門上作過堂科丑婦人隨意發諢科仝從下場門下周曾白這許多婦女、竟没有一箇中看的、如何是好、

唱

中呂宮正曲 駐雲飛 國色難求。韻乍看妖嬈細看醜。韻面是東施就。韻却效西施皺。韻嗏。格乜眼學情留。韻越難生受。韻只怕你還近身來。讀却也難將就。韻合恰便似賈氏當年善媚柔。韻

伊官鍾白 方纔那些婦女都是河東擄來的。原不見得好。還有河北擄來的。不曾過堂。或者有幾名看得的。也未可知。

周會白 快快喚過來。

旦扮華素月穿彩繫腰裙雜扮衆難婦各穿各色彩仝從上場

門上作過堂科周曾作見華素月科白　那婦人立在一邊、待我細看、衆雜婦仝從下場門下周曾白　果然有些意思、唱

又一體

體態風流。韻　一見令人不自由。韻　乍見雖僝僽。韻　不係容顏陋。韻　嗏。格　何必恁嬌羞。韻　半遮衫袖。韻　便締紅絲。讀　也是天緣就。韻合　畢竟還低見面頭。韻　老旦扮金氏穿老旦衣從上場門上作見華素月抱哭科白　我兒、你原來也被擄在這裏、衆作扯逐金氏科周曾白

不要扯逐他、問那老婆子、是這女子什麼人、金氏叩頭科白　將軍爺爺、小婦人孀居孤苦、只有這箇女兒、可憐放了我母女回去、世世銜恩不朽、周曾白　你這老婆子、如今去不得了、就留你在此、與你女兒作伴、快些引到後營、梳粧起來、待我也去沐浴一沐浴、一軍卒應科領金氏華素月從下場門下　衆全白　恭喜元帥爺、周曾白　那婦女之中、你們也去選用幾箇、衆全從下場門下　一軍卒領金氏華素月從上場門上作進門科軍卒隨下

金氏白　我兒事到如此只得勉强從容日後再圖出頭日子罷　華素月白　母親說那裏話來女子一生名節爲重今日旣落賊手惟有一死而已　唱

商調正曲　山坡羊

恨漫漫讀身遭顛覆韻痛煞煞讀淚珠盈袖韻心慽慽讀攪亂愁腸句命淹淹讀難離這牢籠扣韻

金氏白　我兒暫且寬心再做道理　華素月唱

教我難逗留韻拚將一命休韻料應這松筠節操也無能守韻遇此乖危讀却有誰來相救韻白　母親孩兒今日惟願

速死而已、金氏白 我兒你怎説這話教我做娘的也活不成也、華素月仝唱合 堪愁。韻 想萱堂誰庇周。韻 休休。韻 向黃泉及早投。韻 一軍卒從上場門上白 老婆子、快快催你女兒梳粧、若再遲延、你母子俱要受累了、仍從上場門下金氏白 我兒、你聽得麼、做娘的事到如此也、說不得了、華素月白 母親你連日路途辛苦、且少睡片時、待我梳粧便了、金氏作背科白 我女兒竟自依從起來也罷、待我少睡片時、再做道理、從下場門下内起更

科華素月白　母親你竟自睡去了我且向粧臺對鏡殘面剪髮以絶兒徒妄想便了　場上設桌椅桌上設粧奩

科華素月白　鏡兒　唱

又一體

對菱花　讀　照　愁人孱僽　韻　泣鸞雛　讀　處　雙眉頻皺　韻　別家鄉　讀　做　異地南冠　句　歎紅顏　讀　肯效隨風柳　韻

內打二更科華素月滾白　賊我本芳閨之女許嫁朱門舉案齊眉自成良配　唱　空教你盼綢繆　韻　焉能遂好逑　韻　便將　囚鸞檻鳳　俺一死　無他咎　韻　怎肯　別抱琵琶

讀使千年遺臭。韻內打三更科華素月作剪髮科唱合

颼颼。韻剪烏雲作斷頭。韻作毀容科唱休休。韻剖花容

絕禍訛。韻作暈倒科金氏從下場門上白我兒爲何睡

在此間、作扶華素月起科白不好了、周老爺有請、周會

從上場門上白怎麽說、金氏白我女兒剪髮毀容不成

模樣了、周會白你且將他扶過了、金氏扶華素月從下

場門下四軍卒從兩場門分上周會白這薄福的女子、

好不中擡舉、唱

商調正曲　水紅花　芳容剖壞血長流。韻淚盈眸。韻這艮緣不偶。韻把溫香軟玉一時休。韻看他髮蓬頭。韻麗見變醜。韻可惜嬌姿嫩蕊。句驀地變雎鳩。韻雜扮四小軍各戴馬夫巾穿蟒箭袖卒褂引淨扮張佑大戴帥盔紥靠持令箭從上場門上白將軍分虎帳、壯士出龍坡、有人麽、一軍卒作出門科白什麽人、張佑大白奉有鈞旨、要見將軍、軍卒作進門科白外面有鈞旨、要見將軍、周會作出迎引張佑大進門科白皇帝有旨、催元帥進兵、奉旨

委派張佑大在此陳州鎮守、速速領兵前往、休教遲悞
周會接令箭科白 既如此、可將方纔這兩箇婦人一併
交與你看守、不可容他走失、一面快取我的盔甲器械
過來、衆應科周會白 再分付軍兵、各備鞍馬伺候、吾當
卽便起行、張佑大應科周會唱合須索的 刻下鞚驊騮。
韻 也囉。格隨意發諢科衆從兩場門各分下

第十二齣　假姻緣癡僧被誑　古風韻

雜扮衆難民各戴各色巾氊帽穿各色道袍喜鵲衣繫腰裙雜扮衆難婦各穿各色彩繫腰裙仝從上場門上唱

中呂宮正曲　撲燈蛾　兵戈驀地來。句　兵戈驀地來。疊　金鼓連天震。韻　雜扮八小軍各戴馬夫巾穿蟒箭袖卒褂持刀從上場門上遶場從下場門下衆仝唱　父子不相顧。句各自紛紛逃遁也。韻格常言道寧逢惡虎。句莫遇着暴虐亂軍。韻殘忍性恁般兇狠。韻合可憐咱、讀亂離時節一孤身。韻全從下場門下丑扮和尚戴僧帽穿僧衣繫縧絛負衣鉢急從上場門上唱

又一體

一朝兵火起。句一朝兵火起。疊四下無門奔。韻白師傅、徒弟、都不見了、那些亂兵好利害、唱不論僧和俗。句只要強擄金銀。韻也。格常言道寧逢惡虎。句莫遇着暴虐亂軍。韻殘忍性恁般兇狠。韻合可憐咱、讀亂離

時節一孤身。韻從下塲門下副扮老人戴氈帽穿道袍持女衫包頭急從上塲門上白　媽媽、兒子、媳婦、女兒、都不見了、怎麼處、和尚內白　阿彌陀佛、老人白　後面有箇僧人來了、不知他有德行沒德行、我帶得媽媽的羅裙包頭在此、不免扮一婦人、將這包頭蓋了頭面、哄他䭾了我走一程、豈不是好、人言使口、不如自走、我道自走不如使口、作穿衫以包頭蒙面坐地科和尚從上塲門上老人作婦人聲虛白和尚白　原來是箇女人、女菩薩、你因甚事在此啼哭、老人白師傅、我是人家深閨之女、爲因强盗趕得慌了、不見了母親、因此啼哭、師傅沒奈何、你出家之人、慈悲爲本、方便爲門、奴今行走不動、上人只算作好事、何不將奴駝了、潛逃、勝造七級浮屠、和尚白小娘子、救人雖是慈悲之心、奈我衣衫法器俱是要拿着走的、難以奉命、老人白上人若肯相救、奴情願結爲夫妻、丢了這行李、只當與奴家作財禮罷、和尚白小娘子、你是戲言、還是實話、老人白君子無戲言、只管放心、和尚白　既是實話、我丟了這行囊、情願馱着小娘子、同去便了、內吶喊科和尚馱老人行科白　我也走乏了、小娘子、此處地僻人少、我馱着你且慢慢的走罷、老人作失聲應科和尚作驚疑科唱

商調正曲　山坡羊　你因甚的　聲音兒讀　沒些嬌媚。韻老人白　爲不見爹娘哥嫂、是哭啞嗓子了、和尚唱　因甚的　指頭兒讀　並不纖細。韻老人白　這些時我嫂嫂病了、上鍋洗碗洗衣服、都是我做、這樣粗糙活計、所以如此、和尚唱

因甚的我脖子上、讀像是簇着髭髯。句老人白一箇女孩兒、那有髭髯、是跑散了頭髮、和尚唱因甚的、讀你足下把這靴穿起。韻老人白爲因逃難慌張、奴又走得忙了、所以錯穿了父親的靴子、和尚唱這因依。韻你分明說與知。韻兒教人心下生疑忌。韻老人白有甚疑忌、快些趲行便了、和尚唱我自當不憚辛勤。讀負娘行逃避。韻白來到此間、一所石洞、四面皆是茂林、正好成親、老人白且慢、和尚唱合幽棲。韻賽過巫山十二奇。韻休推。

韻莫負襄王雲雨期。韻老人白 你再駝我走一程、和尚白 往前再沒有這樣僻靜處所了、我與娘子先成了親、再駝着你前行罷、老人白 青天白日、像箇什麼樣子、到晚間罷、和尚白 我等不得了、作揭包頭見老人虛白科老人白 好和尚、你看我這麼一嘴的白鬍子、你不饒我、你還要和我成親、和尚白 你旣是假裝的、不該教我丟了那些法器、我如今問你要賠還我的東西、老人白 你問我要法器、你强逼我成親、我問你要遮羞錢、和尚白

我也沒有錢、老人白 剝下你的衣服來、和尚隨意發諢

老人作打和尚科白 禿驢騷興發、馱我到山中、本以空

貪色、焉知色是空、虛白科從下場門下和尚白 祇期紅

粉女、誰料白頭翁、雖是他心歹、多應我命窮、唱

中呂宮正曲 駐雲飛 我命該窮。韻 白日青天着鬼朦。韻 輕信

他花言哄。韻 頓把我春心動。韻 嗏。格 恨只恨老奸雄。韻

白 我說聲音蒼、他說哭啞了、我說指頭粗、他說上鍋燎

竈、我說鬍髭鬚簇的脖子癢、他道跑散了頭髮、我道你怎

穿了靴、他說心慌穿了父親的靴來了、唱他口利如風。

韻雨覆雲翻、讀將我來欺弄。韻滾白實指望馱到山中、

結就夫妻、百歲諧鸞鳳、豈知道老鼠跳入糠籮裏、一塲

歡喜一塲空、唱合無奈紅鸞信不通。韻從下塲門下

第十三齣　萍水交慇懃話別　庚青韻

生扮羅卜戴巾穿道袍繫鑾帶從上場門上唱

商調引　接雲鶴　彤雲風掃雪初晴。韻思親作急辦歸程。韻

中場設椅轉場坐科白　自家爲奉母親慈命、離家三載、且喜事已完畢、擇定今日起身回去、不免拜辭店主人、益利那裏、末扮益利戴羅帽穿屯絹道袍繫鑾帶從上場門上白　鄉夢有時生枕上、客情終日在眉頭、官人有

何吩咐、羅卜白 我和你離家三載、音信杳無、今喜貨已賣完、正宜整裝歸省、請出東人來、益利白 主人說得極是、待我請店主人出來、辭別前去、店主人有請、外扮王店主戴氊帽、穿道袍、從上場門上、白 千載鶴歸猶有恨、三年人別豈無情、羅卜起、隨撤椅科、白 卑人在此三載、盤桓、多承款待、今經營之事已完、欲返家鄉、謹此拜別、王店主白 傳官人、小子忝爲經紀、接待頗多、但如尊駕、眼中絕少、愧無以爲別敬、聊具白銀五兩、少申贐儀、羅

卜白　卑人路費儘足、豈敢又受厚贈、王店主白　勿嫌輕微、笑納是幸、還要相送一程、羅卜白　既蒙雅意只得拜領、不勞遠送罷、王店主白　說那裏話、一定要送、益利白　官人、老奴巳曾吩咐車夫前邊等候、去了就此起程罷、仝作出門科分白　村橋西路雪初晴、特特沙堤馬足輕、落日千峯轉迢遞、知君回首望蘇城、羅卜唱

仙呂宮集曲　甘州歌　八聲甘州首至六句

回首望蘇城。韻　歎人生聚散讀似　水上浮萍。韻　感君交誼。句　殷勤送我回程。韻白　賢

主人李白那兩句詩說得好、唱 桃花潭水深千尺。句 不及汪倫送我情。韻 排歌合至末句 陽關路。句 不暫停。韻 臨歧分手再叮嚀。韻 前途裏。句 誰送迎。韻 寒天客況更凄清。韻 王店主唱

又一體

君今返故庭。韻 羡三年聚首、讀 意叶和平。韻 長途迢遞。句 難辭戴月披星。韻 抛親爲覓蠅頭利。句 返駕終全菽水情。韻合 陽關路。句 不暫停。韻 臨歧分手再叮嚀。韻 前途裏。句 誰送迎。韻 寒天客況更凄清。韻 羅卜白

多承遠送、就此拜別、王店主白如此不得再送了、羅卜唱

【南呂宮引】哭相思 賓主相看別恨生。韻王店主唱何時君復到蘇城。韻益利唱斜陽古道行人遠。句衆全唱愁見河橋酒幔青。韻王店主仍從上場門下益利隨羅卜從下場門下

第十四齣　烟花隊慷慨償金　齊微韻

旦扮賽芙蓉穿衫繫腰裙從上塲門上白

一失足成千古恨再回頭是百年身奴家賽芙蓉原是良人之婦不幸被人拐騙賣入烟花媽媽十分利害動不動就是打罵幾番欲尋自盡螻蟻尚且貪生爲人豈不惜命因此悄地逃出尋箇尼菴中削髮出家纔是了當　唱

吹腔羅衣濕　細思量。句　心痛悲。韻　濕透羅衣雙淚垂。韻　恨無端、讀　陷入在烟花地。韻　朝雲暮雨非吾意。韻　送舊迎新誓不爲。韻　倒不如、讀　偷走去爲尼。韻　好辦着、讀　長齋繡佛辭塵世。韻　不染蓮花出污泥。韻虛白從下場門下

丑扮六兒戴氈帽穿喜鵲衣繫腰裙從上場門上唱

吹腔金水歌　我是那、讀　慣打這金生麗。韻　鎮日裏、讀　專燒着那雷賀倪。韻　祖傳的樂戶、讀　有誰來替。韻　賺人的財帛、讀　多容易。韻　有人問咱名和姓。句　衖衖裏先鋒、讀　叫

烏龜〔韻白〕諸般生意好做只有衙衙低微見人唤做忘八當官稱是烏龜那管他小姨大姐也不論美女嬌妻都教他倚門獻笑若不從就要打駡禁持前者媽媽將一百銀子討了箇賽芙蓉指望他招攬生意誰知他不願接客坐在房中哭哭啼啼只要出家媽媽將他打了一頓他連飯也不肯喫這便如何是好且待媽媽出來和他商議商議媽媽快來〔旦扮鴇兒穿衫繫汗巾從上場門上唱〕

【吹腔】【晚風柳】打扮得讀多嬌媚韻奴的年華猶未多句風流俊俏還標致韻似垂柳被那晚風吹韻輕言吐出讀比那鶯聲兒美韻行動坐卧賽仙姬韻中場設椅轉場坐科六兒白媽媽那賽姑娘只是啼哭連飯都不肯喫這便怎麼樣好鴇兒白有這等事你去喚這丫頭出來待我加上他一百皮鞭看他還敢作怪不作怪六兒白罷麼媽媽好好的勸他罷鴇兒白誰要你多管快去喚他出來六兒應科白賽姑娘媽媽喚你賽姑娘賽姑娘

不在房裏想是在衆位姐姐房中、衆位姐姐、賽姑娘在

你們房內麽、內白 没有、六兒白 都没有、不好了、這一定

是走了、媽媽、賽姑娘走了、鴇兒白 走了、六兒白 也罷了

麽、他竟桃之夭夭了、鴇兒白 他前日說要往靜覺菴出

家、一定往那裏去了、我想他鞋弓襪小、那裏行得動、想

他還去不遠、六兒、我如今急急趕上、你吽人寫幾張招

帖、沿路找尋、隨後趕來、六兒應科從下場門下鴇兒起

隨撤椅科白 賤人、任伊走上焰摩天、脚下騰雲須趕上、

作出門科唱

吹腔搖錢樹　只怪着。句腳下遲。韻那知我的心頭急。韻恨生生讀失去一棵搖錢樹。押錦屏繡屋歡娛地。韻甘向那讀冷月淒風雲水隈。韻可知他讀得便宜是失便宜。韻從下場門下　賽芙蓉從上場門上唱

吹腔紅顏歎　恨生來。句薄命兒。叶堪歎紅顏空自美。韻都是些讀難星相遭際。韻錦營花陣。句豈可爲活計。韻因此上讀偷走忙逃避。韻空門尋箇安身地。韻從下場門

◎

下鵠兒從上場門上唱

吹腔

褪花鞋奈長途。句多迢遞。韻兩步行來做一步移。韻趕得我讀不定吁吁氣。韻走鬆了羅帶讀牢牢繫。韻行褪了花鞋讀緊緊提。韻六兒持招紙從上場門虛白上鵠兒白好箇不中用的殺才這時候纔趕來六兒白媽媽倒說得好我趕的上氣不接下氣還說我慢各虛白問科鵠兒白我方纔一路問人都說有一女子去此不遠我和你快快趕上定要拿他回去唱我和你讀急急

忙尋覓。韻一時裏讀恐有人藏匿。韻那其間讀走遍了

天涯地。韻做了鴈杳音信稀。韻全從下場門下賽芙蓉

從上場門上唱

吹腔

羊腸路走得我讀脚趔趄。句走得我讀無力氣。韻我

身軀讀嬌怯難勞瘁。韻鴇兒六兒全從上場門上唱知

他在前途裏。韻無奈這羊腸路。句曲曲灣灣難追去。押

恨不得頃刻之間。句霎時飛去。押霎時飛去。疊作見科

芙蓉科鴇兒白好了在這裏了你這賤婢竟敢私自逃

走且隨我到家裏再與你算賬、賽芙蓉白　我要去出家、再不回去的了、鴇兒白　這賤人還敢倔強、六兒隨意發諢科生扮羅卜戴巾穿道袍繫鑾帶末扮益利戴羅帽穿屯絹道袍繫鑾帶帶布袋全從上場門上羅卜白　積善修行原我分解紛排難爲人謀二位娘子是誰家宅眷爲什麼在此扭結　鴇兒唱

吹腔　開籠鶴　望官人　讀　聽吾啓　韻　這潑賤　讀　沒道理　韻　只想撇却了烟花隊　韻　羅卜白　原來是門戶人家　鴇兒唱

不肯穿綾著絹爲行首。句想着削髮披緇做女尼。韻羅卜白他既願出家也是善事、鵓兒唱因此上、讀淘閒氣。韻他怕與野鴛作合。句我怎肯、讀籠鶴輕開一任飛。韻

羅卜白小娘子你却怎麼說、賽芙蓉唱

吹腔　繁華令

論堅貞、讀當自持。韻死靡他、讀誓不移。韻我去清修脫却了塵凡累。韻六兒白我們衕衕中穿的是錦繡喫的是肥甘難道倒不好麼、賽芙蓉白你曉得什麼但凡做姊妹的好不苦也、唱年華老大容衰矣。韻一

旦的冷落了門前車馬稀。韻白依我說來、唱倒不如讀盡把繁華棄。韻今日癡迷。韻到後來、讀追悔前非也是遲。韻羅卜白果然說得不差、正是要知前世因、今生受者是、欲知後世因、今生作者是、鵠兒白小賤人快快回去、還少打幾下、賽芙蓉白我是再不回去的、一定要去出家的、羅卜白他既立志如此、你可成全了他善念鵠兒白官人倒說得好、我費了一百兩銀子、買他回來、還沒有做生意、難道就罷了不成、羅卜白就是回去也不肯向你的了、鴇兒白 也罷、他既要出家、交還了原價、那也只得任憑他了、六兒白 媽媽你說錯了、萬一交了身價、那便怎麽樣、鴇兒白 他那有銀子、這不過是好看話兒、羅卜白 小娘子、你出家之話、可是實心麽、賽芙蓉白 果是實心、羅卜白 在那處菴觀裏、賽芙蓉白 就在前面靜覺菴中、羅卜白 媽媽、你方纔說交還原價、任憑他去、此話不可反悔、鴇兒白 再不反悔、羅卜白 也罷、見義不爲、非勇也、我與他代還身價、成全一段善事、益利、可在行囊中取一百兩銀子來、益利作取銀科羅卜白 媽媽可取了去、賽芙蓉白 多謝仁人君子成全善事、鵓兒白 且慢、待我思忖思忖、世間有這樣好人、代還身價成全善事、方纔又說要知前世因、今生受者是、欲知後世因、今生作者是、想起來落在衏衏之中、焉知不是前生造業、罷、我如今回去、散了這些丫頭、也要出家了、羅卜白 好、這也難得、我們去了、鵓兒賽芙蓉白 敢請長者留下芳名、羅卜白 卑人王舍城中傅羅卜、我們去了、羅卜益

利仝從下場門下賽芙蓉白

媽媽、回去散了衆位姐姐、一定要來修行的、鵲兒白一定來修行的、六兒盧白發諢科衆仝唱

吹腔

念阿彌從今後、讀要修持。韻二六時、讀念阿彌。韻向三寶、讀懺悔從前罪。韻再不去、讀傷天理。韻好辦着、讀超塵世。韻有一日、讀同到龍華會。韻也虧咱一言感觸、讀再不着迷。韻再不着迷。疊仝從下場門下

第十五齣　濟難婦心切慈悲

古風韻

雜扮四軍卒各戴鷹翎帽穿箭袖卒褂佩刀從上場門上仝唱

越調正曲　水底魚兒

擄盡嬌娃。韻何曾放一家。韻軍門繳令。句合還怪不多拿。韻還怪不多拿。疊分白我們都是陳州團練使標下的管領前日奉差出去擄了無數的女子回來都交與將爺只道是這場公事完了誰想又出下箇難題目來把這些婦人依舊發與咱們叫變賣些身價出來充餉又有一箇年少婦人那周元帥思量要收他爲妾誰想他性子節烈竟自斷髮毀容如今也發在這邊動不動就要尋死覓活幸得他母親也在一處時常看守着他我們如今只得開起一箇販賣人的店行來好招攬買主兄弟我同你商量這些婦人還是怎麽一箇賣法我有兩箇計較一箇是論人數兒賣一箇是論觔數兒賣你道還是那一樣好（仝唱）

正宮正曲　四邊靜

兩般盡是生財法。韻 憑伊細詳察。韻 若慮不公平。句 牽精把肥搭。韻合 一齊蔥發。韻 不容揀拔。韻 任你貨兒多。句 十分管消八。韻分白 兩箇計較都好只是還要費些商量若是單論人數便宜了標致的喫虧了醜陋的若是單論觔數又便宜了瘦小的喫虧了肥大的都欠公道不如把兩箇法子叅合攏來又論人數又論觔數你說妙不妙這話我不懂還要說箇明白我的意思要把這些婦人不論老少美惡都用布袋盛了就像醃魚臘肉一般每一箇婦人裝在一箇口袋裏只論輕重不論好歹隨那來人自取取着好的是他有造化取着不好的是他沒便宜省得揀精揀肥好的都賣了去剩下那些落脚的貨來那裏去出脫這是從古以來第一樁公平交易你說好不好既然如此就要定起價來等人好來交易一錢一觔太少一兩一觔太多定箇中平價兒竟是五錢一觔便了只好是這等還有一說我們殺慣了人遠近都害怕那箇敢來尋死況且身

邊帶了銀子、又怕我們搶奪、一發不肯來了、須是稟過主將、求他發下告示來、暫行一月的王道、不許殺人搶擄、傳出這箇名聲去、方纔有人肯來、（全白）說得有理、今晚就請告示、明日就開八行、（全從下場門下、雜扮老少百姓各戴氈帽、穿道袍、全從上場門上、唱）

雙調正曲　字字雙

囊金齊赴賣人場、（韻）心癢、（韻）全憑時運覓嬌娘、（韻）癡想、（韻）眼前天道異尋常、（韻）貴莽、（韻合）但愁貨主費商量、（韻）瞎闖、（韻）瞎闖、（疊）（分白）我們因遭大亂擄去一應家屬聞說賊人開設賣人之店因此不避凶險特來取贖誰知走到這邊他另生巧法都用布袋盛了不許來人揀選要空手回去怎奈賊官貼了告示凡有不買空回者即以奸細問罪如今沒奈何只得走來撞箇造化或者買着了自已親人也未見得〔仝從下場門下〕

〔四軍卒仝從上場門上唱〕

又十一體

謀財開設賣人行〔韻〕興旺〔韻〕袋盛奇貨赴街坊〔韻〕新樣〔韻〕堪賺世間蠢兒郎〔韻〕無狀〔韻合〕若還貿易費

商量韻身喪韻身喪疊分白古語說得好若要穩做先脫滯貨我們營中的婦人好貨最少滯貨極多須要把老的醜的預先脫去留下年少標致的到後來發賣就不怕沒有售主了選定今日開市把貨物擡出來內應

科場上設桌杌桌上擺天平算盤科雜扮八小軍各戴鷹翎帽穿箭袖卒褂扛四口袋內盛雜扮胖婦戴臚腦穿衫小旦扮病婦穿衫丑扮蹺脚婦戴臚腦穿衫老旦扮金氏穿老旦衣仝從下場門上老少百姓仝從上場

門上各作到科衆小軍白　你們兩箇是買婦人的麼、老少百姓應科四軍卒白　這等看起貨來、老百姓白　既裝在布袋裏面、輕重大小、一時也看不出、竟是隨手指定一箇罷了、作指胖婦口袋科白　我要這一袋、少百姓作指病婦口袋科白　我要這一袋、四軍卒白　快些替他上秤、衆小軍作秤科白　這一袋一百六十觔、四軍卒白　一觔五錢、共該價銀八十兩、快拿銀子來兌、老百姓付銀科四軍卒白　止得七十五兩、還少十觔的價銀、老百姓白只帶得這些、求將爺讓了罷、四軍卒白我們的生意、是公道不過的、多一錢也不要、少一錢也不與、快些添上來、老百姓白其實沒有帶的、四軍卒白這等不難、到發貨的時節、自有區處、自家動手解開來看、老百姓作解袋見胖婦科白有這等一箇胖婦人、嚇殺我也、胖婦白你旣然買了我、我就是家主婆了、快叫七八箇人來擡我回去、唱

南呂宮正曲 大迓鼓

八夫在那廂。韻轎擡車輦。讀快做商量。

韻我這　尊軀不比尋常胖。韻　壓死男兒命不償。韻合　好驗身材、讀　回家造牀。韻老百姓領胖婦欲行科四軍卒白　賬還不曾找清、就要回去、作取刀向胖婦身上欲割肉科老百姓白　這是怎麼說、四軍卒白　多了十觔肉、你沒銀子須割下一塊來、老百姓白　我取出來就是了、不要動手、作取銀付科領胖婦虛白從上場門下衆小軍作秤科白　這一袋四十五觔、四軍卒白　每觔五錢、共該價銀二十二兩五錢、老百姓付銀科四軍卒白　這是二十三兩五錢除正數之外倒多他一兩還是退出銀子還是要添貨少百姓白他說添貨一定是添箇小婦人了有這等便宜的事不願退銀子只求添貨四軍卒白這等極好的了自家動手解開看來少百姓作解袋見病婦科白是一箇黃瘦的婦人好悔氣殺我也病婦白我是箇癆病婦人既賣與你就是你的干係了方纔悶了半日話也講不出來快拿人參湯來接氣唱

又一體

殘生不久亡韻暫延時刻讀也感伊行韻今宵

若得相親傍。韻果然是一夜恩情百日長。韻合只恐難延讀求續命湯。韻少百姓白方纔將爺說過多的銀子找出貨來如今要領回去了求找清了罷一軍卒白說得有理待我取貨來向下取入頭隨上科白小孩子的頭又嫩又甜極好下酒剛剛二觔重快收了去少百姓作領病婦虛白從上場門下生扮羅卜戴巾穿道袍繫鑾帶末扮益利戴羅帽穿屯絹道袍繫鑾帶持傘帶布袋副扮駝背夫戴氈帽穿喜鵲衣繫腰裙仝從上場門

上羅卜唱

商調引 接雲鶴 救人特赴賣人塲韻 干戈滿眼逼愁腸韻

白 益利一路行來見這困苦流離十分可憫方纔此人說他妻子被擄我們同往賣人之處若是完全得一兩家夫妻也是一樁好事那漢子你先進去我隨後就來益利把銀子取出些來全作到處白科四軍卒白方纔做下的樣子先秤貨後兌銀子你們各人指定一箇好秤觔兩駝背夫作指蹺脚婦口袋科白我要這一袋衆

小軍作秤科白 這一袋齊頭八十觔、四軍卒白 該價銀四十兩、快拿銀子來兌、益利付銀科四軍卒白 自家解開看、駝背夫作解袋見蹺脚婦科白 恰好是我的妻子、蹺脚婦白 列位將爺、你們都說我背駝脚蹺沒人來買、誰想巧巧遇着我丈夫、可見背駝脚蹺、俱是我的福相、駝背夫白 還有出銀子的大恩人不會謝得、仝作拜謝科唱

南呂宮正曲 大迓鼓 恩人德怎量。韻 生生世世、讀 刻骨難忘。

韻　銜環結草亦應當。韻　義舉留傳姓字芳。韻合　好比自

已雙親、讀　一般供養。韻各虛白仝從上場門下四軍卒

白　止剩一袋、你們一發買去罷、羅卜益利白　我們不是

買人的、四軍卒白　你既不來買人、我們就要動手了、羅

卜益利白　列位不要性急、就買、四軍卒白　怕你不買、快

秤起來、衆小軍秤科白　這一袋七十五觔、四軍卒白　照

方纔的數目、快取出來、益利作付銀隨解袋科金氏白

二位官人、我年紀雖老、却是好人家出來的、你買我回

去自然有人來取贖這幾兩銀子決不落空的（羅卜白）我亦非施恩望報之人（金氏白）請問官人身邊的盤費還彀買一箇人麼（羅卜白）盤費還有幾兩（金氏白）老身有一親女現在營中求官人買了使我母子完聚罷（羅卜白）益利既有此女你我將好事做到底罷（益利應科向軍卒白）列位將爺方纔這老婦人說他有箇女兒尚在營中求取一同賣了罷（四軍卒白）說的年小婦人就是那好尋死的倒不如早些賣了省得他一時尋了無

常豈不人財兩失、一軍卒白 那婦人是周元帥發下來、
敎好生看守的、使不得、一軍卒白 這却不妨、周元帥要
他時、只說死了、那裏去尋、那老婆子、你自去領你女兒
出來、益利作付銀科四軍卒衆小軍虛白仝從下場門
下金氏從下場門下領旦扮華素月穿衫繫腰裙上金
氏白 我母子蒙官人厚恩、老身情願司炊主爨、我這箇
女兒、原許朱鄉宦之子朱紫貴、昨在賊營、誓死不肯改
節、羅卜白 老媽媽、你這樣講來、分明疑我了、我只因貿

易回家今日到此偶遇賣人贖取你母子並無他意你那令愛既是已曾許下人的如今亂離之世難以尋覓也罷此處已近我家另有尼菴一所可請到彼處暫住慢慢的訪問令壻以圖完聚便了益利喚輛車兒來益利應科從上場門下金氏白阿彌陀佛不料天地間竟有這般樣積德的善人我們得蒙救拔何以報答女兒過來拜謝了大恩人全作拜謝科唱

又一體

你恩德如山樣韻我母子感戴讀厚惠汪洋韻

更兼寺舍權收養。韻 尋思定把此恩償。韻合 結草銜環讀 永矢不忘。韻 益利從上場門上領雜扮車夫戴氊帽穿喜鵲衣繫腰裙推車上益利白 你可將二位、送至會緣橋傳官人莊上去、那裏有所尼菴、自有人接應、一路小心、車夫應科金氏華素月仝作乘車科白 今朝母子得生全、羅卜白 豈願名將樂善傳、益利白 有分斷絃重再續、仝白 猶如缺月又團圓、從兩場門各分下

第十六齣　遇義士身離危險　古風韻

雜扮四小軍各戴鷹翎帽穿箭袖卒褂仝從上場門上

仝白

上命差遣蓋不由巳我等乃團練張老爺麾下軍兵是也今奉老爺之命說有異鄉之人帶了金銀前來軍營替人買贖被擄婦女恐怕他是奸細着我們用心緝獲就此前去。全從下場門下生扮羅卜戴巾穿道袍繫縧

帶從上場門上末扮益利戴羅帽穿屯絹道袍繫縧帶貟包持傘隨上羅卜唱

仙呂宮集曲　甘州歌八聲甘州首至六句

程途須趲行韻　歎遠遊三載讀　未返家庭韻　萱堂皓首句　倚門懸望牽縈韻　今朝急把歸途趲句　指日娛親喜倍增韻排歌合至末句　登山路句　涉水程韻　歸心如箭怎留停韻　添傷感句　擔戰兢韻　兵戈滿目正縱橫韻益利白　官人你看霎時北風大雪怎生行走羅卜白　只得勉强行走便了益利唱

又一體

狂風刮耳鳴。韻 見雪花飄灑讀 落絮飛瓊。韻 千山鳥絶。句 枯枝齊綴瑶英。韻 樓臺恰似銀裝就。句 宇宙猶如粉飾成。韻合 登山路。句 涉水程。韻 歸心如箭怎留停。韻 添傷感。句 擔戰兢。韻 兵戈滿目亚縱横。韻内吶喊

科羅卜益利作急行科唱

中吕宫
正曲 紅繡鞋

忽聞鼓角聲稠。韻 聲稠。格 頓然使我心憂。韻 心憂。格 疾忙去。句 莫停留。韻 四小軍仝從上場門上作捉住羅卜益利科衆小軍仝唱

生擒捉。句 豈甘休。

韻合這功勞。句第一籌。韻羅卜益利各處白求免科衆小軍白團練老爺、說你二人、攜帶金銀、到營中來此替人買贖婦女、一定是箇奸細、着我們特地拿你、快走、全從下場門下雜扮四刀斧手各戴將巾穿蟒箭袖排穗佩刀引淨扮張佑大戴帥盔紥靠佩劍雜扮執纛小軍戴鷹翎帽穿箭袖卒褂執纛隨從上場門上張佑大唱

南呂宮引　生查子

威武有誰同。句共仰炎炎勢。韻一鎮統雄兵。句生殺惟吾意。韻中場設椅轉場坐科一小軍從上

場門上作進門科白　奉爺將令拿買婦人的奸細巳帶在營外、張佑大白　押他過來、小軍向下喚科衆小軍押羅卜益利仝從上場門上作進門科張佑大白　你這兩箇漢子擅自到我營中替人買贖婦女一定是奸細了、可從實供招上來、羅卜白　小人是行路之人偶施惻隱並非奸細、張佑大白　我那裏聽你胡言亂語左右昨日的戰鼓造成可將此人殺了釁鼓拿去開刀、益利白　將軍容稟、唱商調集曲山羊嵌五更山坡羊首至四我東人讀平生孝行。韻我東人讀平生端正。韻讀書人讀惻隱常懷。句平日裏讀茹素甘清淨。韻張佑大白持齋人多做不好事、益利唱五更轉六至九有金百鎰。句獻臺前。句聊爲敬。韻張佑大白我要殺的是奸細、說那金銀做什麼、益利白將軍爺、滾白我老東人棄世、老安人惟存一子、今日將他殺了、可不絕了傳門中萬年香火、將軍、唱我一身代戮甘延頸。韻山坡羊八至末萬望開恩讀赦取東人一命。韻合看哀鳴。韻

代死的家奴一念誠。韻望垂聽。韻赦死的將軍一念矜

韻張佑大白既然如此、就將這家人拿去殺了、羅卜白

將軍容稟、唱

又一體

論此人、讀忠心素秉。韻論此人、讀至誠莫並。韻理家事、讀無怠無荒。句一心兒、讀奉佛多恭敬。韻張佑大白我饒了你的性命、你還要救取別人、羅卜滾白但生靈、莫說是人了、就是犬馬螻蟻、誰無一箇畏死貪生、還求放此人、唱使他去。句報與我。句親娘聽。韻張佑大

白 你既然願死我就放他回去 羅卜唱 我今數盡難逃命。韻 滾白 益利你今回去多多拜覆安人你說我經商三載回家路過陳州被難今生今世母子不得相逢勸安人勉强加餐莫以孩兒憂慮倘或憂慮成疾無人侍奉有誰調治益利我今生數盡難逃命 唱 你勸他保養餘年 讀 不須淚零。韻 張佑大白 綁了 衆應作綁羅卜科

羅卜唱 合 今生。韻 欲見萱親總不能。韻 伶仃。韻 堂上晨昏誰奉承。韻 張佑大白 拿去砍了 衆作欲斬羅卜科內

作霹靂聲刀斷科張佑大白放那漢子轉來鬆了綁那漢子、我方纔不曾問得你姓甚名誰、家鄉何處、你可從直說上來、羅卜唱

南呂宮正曲　五更轉

告將軍。句仔細聽。韻念家居王舍城。韻張佑大白姓甚名誰、羅卜唱傳家羅卜便是吾名姓。韻張佑大白羅卜、那一箇是誰、羅卜唱他益利爲名。讀聊供使令。韻張佑大白往那裏去、羅卜唱爲供子職。句盡孝心。句遵慈命。韻合往蘇城營運今日還鄉井。韻干犯

天威讀乞施仁政韻張佑大唱

又一體

大恩人句須垂聽韻記相逢承厚情韻作扶羅卜起科羅卜白將軍畢竟是何人不要錯認了張佑大唱我賤名佑大張爲姓韻流落他鄉讀蒙君恩贈韻白恩兄想三年前在旅店之中蒙兄一飯又助衣服銀兩唱蒙大德句承厚誼句延我殘生命韻合方能匍匐歸鄉井韻羅卜益利白請問將軍緣何到此張佑大白自那一日蒙周濟之後起身歸家聞得我主在上蔡招兵

因此投入周元帥麾下屢立軍功那周元帥說俺是箇好漢因此授爲陳州團練使練兵秣馬不日去攻取淮北吾主新登大楚皇帝之位求賢若渴我當保奏恩兄做箇文官輔佐我主攻取大唐疆土何如唱我當力保仁兄讀投明歸正。韻羅卜白念小生自幼虔心奉佛但願歸家奉母身外之事不敢希望今日得遇將軍不勝欣幸只求送我二人出營感恩不盡旦扮觀音菩薩戴觀音兜穿蟒披袈裟帶數珠小生扮善才戴線髮軟紮扮小旦扮龍女戴過梁額仙姑巾穿宮衣仝乘雲龕從天井下衆作虛白伏地跪科觀音菩薩白　爾等衆人聽者，我乃普陀崖落伽山觀音大士，因見你們恃强助惡，殘害生靈，故來點化。衆仝白　原來是觀世音菩薩降臨，望求開示。觀音菩薩白　張佑大，可惜你七世修持，一旦忘却本來面目矣。張佑大白　啓問菩薩，弟子既然七世修持，何故今生復陷爲盜，懇乞超拔。觀音菩薩白　皆汝雄心未滅，殺性未除，所以如此。傅羅卜你孝善雙修慈祥、爲願但汝母親、聽信劉賈之言、背誓開葷、殺生害命、造下種種罪業、難免無常報應、羅卜益利白 多蒙菩薩指示、望求垂慈救濟、觀音菩薩白 張佑大、你可誠心悔過、會同篤志信心之人、共往西天見佛、倘遇大難、吾當遣人救濟、將來羅卜救母、或者亦往西天、叩見我佛、汝等同心、共相扶助、成其最上功行、莫負吾言、須當諦聽、一切汝心能懺悔、西天東土本相同、仍乘雲龕全從天井上衆起科張佑大白 列位果有同志、同心共往西天見佛成就這段善緣的麽（衆全白）我等同心立意皆願相從（張佑大白）如此甚妙吩咐衆兵各自散去今掌菩薩開示我們各辦修行同往西天叩佛共證善緣好不快樂也（唱）

正宮正曲　四邊靜

親聞佛語超凡劫（韻）也是善緣得相接（韻）滌志共皈依（句）洗心辦誠切（韻）

羅卜白　衆位所言極是張大哥既將兵馬散去謹封府庫仍覓大唐官員安插黎民即往西天叩佛卑人急欲歸家省母就此告別（張

佑大白所言有理、善緣有幸、他日定當相會、羅卜白正是難得張大哥洗心向善、果是放下屠刀立地成佛也、益利你先回去報知老安人、說我回來了、我方纔聞得菩薩指示道、我母造下許多罪業、我當三步一拜、爲母滅罪消災、益利應科從下場門下衆作拜別科仝唱合

慈航可楫。韻迷網可脫。叶法語度羣迷。句同證無生滅。韻羅卜從下場門下張佑大白我等就此共往西天去便了、衆白我等俱願相從、張佑大白如今我們拜成弟

兄纔好同心學道、衆白 只是我們是將爺部下的人怎敢與將爺拜爲弟兄、張佑大白 拜爲弟兄好同心修善列位休得過遜、衆白 多蒙將爺擡舉同志修持者共是九人矣、張佑大白 便是我們必須湊成十數同修淨業共成善行爲妙、衆白 只是尚少一人這却怎生是好、張佑大白 也罷就將這掌旗纛軍人湊數皈依共成十善豈不爲美、執纛小軍白 小的乃是將爺部下驅使的小卒焉敢僭越這却斷斷不敢放肆決難從命、張佑大白汝言差矣、佛門廣大、無所不容、今者隨緣入社、共襄善事、不消論此尊卑禮貌、快請過來、結爲兄弟、便好同心修善、執纛小軍白 小的實是不敢遵命、衆白 既然將爺再三命你、也不必推辭了、快些過來、結拜弟兄便了、張佑大白 正是、快請過來、執纛小軍白 如此小的只得大膽相叫了、衆白 正該如此請、執纛小軍白 我的將爺大哥、衆位哥哥們、恕小弟無禮、多承擡舉了、衆作結拜科唱

又一體 皈依法界心同協。韻 向善一念切。韻 十友辦虔

誠。句普賴慈恩接。韻張佑大白就此同往西天去、共成善行便了、內奏樂科衆作換衣科仝唱合感得慈航可楫。韻迷網可脫。叶法語度羣迷。句同證無生滅。韻仝從下場門下

第十七齣　倚門閭心誠問卜　古風韻

旦扮劉氏穿氅從上場門上唱

正宮引　破齊陣　古鼎沉烟篆細。句　疎簾映日光生。韻　白　老身不覺一年老似一年、唱　鬢怯瓊梳。句　容消金鏡。韻　愁看華髮星星。韻　白　我那兒你也該回來了、唱　倚遍門閭空盼望。句　密縫衣線枉叮嚀。韻　如何不轉程。韻　中場設椅轉場坐科白　嬌兒一去竟三年、半紙音書不見傳、天若有情天也老月如無恨月長圓小旦扮金奴穿衫背心繫汗巾從上場門上白遊子經年別慈親鎮日愁雪溪溪上水難比恨悠悠老安人這樣愁悶爲着何來劉氏白只爲當初差見遣了孩兒出去指望周年就回誰想淹留許久竟不來家羅卜兒你在那裏嗄一枝丹桂在庭除難比森森有幾株去後寥寥音信絕令人追悔自躊躕唱

雙調集曲 風雲會四朝元 四朝元首 風雲會四朝元至十一句

躊躕昔日韻聽旁人說

是非。韻錯遣嬌兒往外。句白我兒心不忍去、他見老娘在堂、没箇親兒侍奉、滾白欲待前去、孝心牽掛、欲待不去、猶恐違了母命、思之立於兩難之地、我見他欲別不忍分離、嬌兒、唱只得掩淚含悲。韻急煎煎一旦離。韻歎韶光荏苒。句歎韶光荏苒。疊內作鴈鳴劉氏起科白金奴、那一陣飛過去的是甚麼、金奴白是一羣鴻鴈、劉氏唱只見鴈影空飛。韻爲甚的魚書絕寄。韻白金奴早間着安童問卜可曾去、金奴白清晨去了、還未回來、劉氏

唱好教我卜盡金錢。句滴窮珠淚。韻駐雲飛四至六把門閭

空自倚。韻嗏。格若得你便回歸。韻濵白孝心的兒當初

老娘一時差見那裏爲齋僧布施費用浩大因聽你舅

爺的言語爲此開葷乃是小事頓把母子一旦相拋到

如今思忖起來怎得你到我的跟前行走幾步那時節

爲娘的把滿懷愁煩盡皆消滅兒若得你便回歸那時

節情願長齋。唱一江風五至八也落得母子團圓。句勝似膏

梁味。韻白兒嗄你莫不忘了老娘。唱娘好似銜泥燕補

罍。韻兒怎無　返哺鴉情義。韻　行思坐想。句坐

朝元令合至末

科唱　朝朝暮暮、讀　空成悲慼。韻　空成悲慼。疊金奴白　老

安人耐煩些、小官人有日回來、劉氏白　朝朝暮暮枉悲

傷、不見嬌兒返故鄉、作急起隨撤椅科白　想是神前多

怠慢、故令母子兩分張、中塲設香案帳幔桌科劉氏白

金奴、唱　你與我把　三官供起。韻金奴應科向下取三官

又一體

匾隨上作掛科、劉氏作拈香禮拜科唱。爲　孩兒去不回。

韻因此上瓣香虔爇。句禱告神祇。韻懺悔從前罪。韻白

三官神聖，我夫在日，時時神燈不絕。滚白自夫喪後，因聽讒言，遣兒出去，將你的聖像高捲，到如今兒不回來，多想是神前有缺供養，今日裏還供中堂，香烟重上，仍舊未曾改變。唱望尊神廣開天赦。句望尊神廣開天赦。疊暗裏推移。韻陰中周庇。韻保佑兒行。句早歸故里。韻母子們重相會。韻嗏。格怎不記密縫衣。韻白金奴，昨夜燈花開得茂盛，今日簷前鵲噪連聲，必有喜事臨門。金

奴白 想是小官人回來、劉氏白 不能了、滾白 年裏無日、總來也是不來只是我孝心的嬌兒遵承母命遠去他鄉此時此日不知他身歸何處淹留在那裏、唱 到如今簷鵲無靈。句 燈花空結蕊。韻 三載不思歸。韻白 兒、唱 老娘常常掛念着你。韻合 恨當初見左。句 到如今嗟嗟怨怨、讀 悔之無及。韻 悔之無及。疊場上設椅坐科小生扮安童戴羅帽穿屯絹道袍繫鑾帶持卦帖從上場門上白 纔到街頭問卜回、特來堂上說因依、作進門科白 安

童回話、劉氏白占卜何如、安童白天火同人卦、金奴接

卦帖呈劉氏看科安童白青龍福德同天喜、斷定行人

即日歸、金奴白老安人、即日是那一日、劉氏白即日就

是今日了、金奴白這等說喜殺我也、劉氏作喜復悲科

白那先生可斷得準麽、安童白多少人圍住在那裏、都

誇他是靈似鬼、劉氏白惟願靈似鬼罷、後面爕火去、安

童從下場門下劉氏唱

又一體【賺】聞言欣喜。韻心中不自持。韻起隨撤椅科白金

奴隨我到門首盼望一番、金奴應科仝作出門科劉氏白 好大雪金奴小官人前年從那條路去的、金奴白 從這條路去的、劉氏唱若得見你一面。句 即便展放雙眉。韻金奴白 老安人、唱人都道那先生靈似鬼。韻劉氏白 還是不靈、金奴白 怎見得不靈、劉氏唱 歎歲將云暮。句 歎歲將云暮。疊 你看嚴寒時值。韻 萬逕人稀。韻 雪阻長途。句 冰連遠水。韻 滾白 冷冷清清、唱 那得他來家裏。韻 嗏。格 仝作進門科劉氏唱 你 與我掩重扉。韻 金奴作掩門科劉氏作拈香禮拜科唱待我添上爐香。句再向神明啓。韻佑我嬌兒無禍危。韻滾白但願他明年、唱早得旋歸轡。韻金奴白老安人、小官人想爲折本不回、劉氏白若是貨物羈身則可、倘爲折本不歸、這就是箇癡兒子了、滾白母念孩兒倚門極目、巴不得一時見面說甚麼傷本少利、此行千金盡無回、老娘一心終是喜、唱合望關山雲樹。句迢迢遠遠、讀一時難至。叶一時難至。疊

仝從下場門下末扮益利戴羅帽穿屯絹道袍繫縧帶

持傘負包從上場門上唱

又韓體　關山迢遞。韻歸心急似飛。韻因此上冲寒冒雪。句餐風宿水。韻喜到家園地。韻見雙扉緊闔。句雙扉緊闔。疊白一路而來、沸沸揚揚、都道老安人在家、唱把誓詞故違。韻肆筵設席。韻有量盡歡。句無歸不醉。韻把佛事都荒棄。韻嗏。格作叩門科金奴仍從下場門上白是那箇、益利唱是益利遠方回。韻金奴白原來是益利哥回來了、唱我須是急啓重門。句作開門相見接行李科益利作進門叅拜三官科金奴白　老安人有請、劉氏仍從下場門上白　怎麼說、金奴白　益利回來了、劉氏白　益利回來了、小官人一定也回來了、場上設椅坐科白　小官人呢、益利唱　容小人　跪地行叅禮。韻 劉氏白　我問你小官人呢、益利白　在後面、劉氏白　因甚落後、益利唱　爲思親苦痛悲。韻 滚白　因此落後、三步一拜、唱　代母禳災晦。韻 劉氏白　這樣大雪、行步尚且艱難、如何三步一拜、我那孝心的兒、益利唱合　喜　三官堂上。句　齊齊整整讀香燈如昔。韻香燈如昔。疊劉氏白　小官人離你多遠、益利白　也不過五里之間、劉氏白　兩三年以來小官人在外可有什疾病、益利白　沒有、劉氏白　可有什麼是非、益利白　並無、劉氏白　如此你後面茶飯去、益利應科從上場門下劉氏起隨撤椅科白　金奴、快提壺滾茶隨我接小官人去、金奴應科向下取茶壺隨上仝作出門科劉氏唱

慶餘　見歸應是非常喜。韻打破愁城只自知。韻拜謝天

地輿神祇。韻仝從下場門下

第十八齣　深懺悔步禱還家　古風韻

生扮羅卜戴巾穿道袍繫絛縧從上場門上作三步一拜科唱

中呂宮正曲　駐雲飛

歸去來兮。韻路過陳州事險危。韻托賴觀音庇。韻苦難相周濟。韻嗏。格此事尚堪疑。韻滾白細思之、聽得慈悲道我親幃、唱把盟誓相違。韻爲促吾曹讀急急回家裏。韻滾白因此上三步一拜、拜回歸、唱合

歸代萱堂資福消災晦。韻從下場門下外扮李厚德戴浩然巾穿道袍繫絲縧持拄杖從上場門上唱

又一體

日月如飛。韻又見枝頭開早梅。韻白你看雪後初晴、青山又見本來面、瘦竹方伸久折腰。唱正是雪後多佳麗。韻白長安有貧者、宜瑞不宜多。唱那貧者愁衣食。韻嗏。格白方纔有一樵子、對我說、見羅卜回來、我不免迎上去。唱忽聽樵子報因依。韻羅卜回歸。韻滾白我須是步過長堤、待等他來、勸解伊曹、見彼慈幃。唱且自

寬心、讀休得要爭閒氣。韻合我不爲調和更仗誰。韻從下場門下羅卜從上場門上仍作三步一拜科唱

又一體

難報春暉。韻定省晨昏歎久違。韻寸草心空繫。韻百拜寧勞瘁。韻嗏。格李厚德從上場門上作相見科羅卜唱忽見父相知。韻李厚德白賢姪回來了、羅卜滾白公公家中事兒賴提攜、李厚德白賢姪瞻前無佛顧後無僧、三步一拜、拜着誰來、羅卜唱感得慈悲指迷。韻滾白道我母、作住口科李厚德白爲甚不講了、羅卜白

我想公公也不是外人、滾白 道我母把盟誓相違、因此上三步一拜拜回家裏、唱 我爲慈親、讀 懺悔塵緣罪。韻 李厚德白 好孝心離寒舍不遠請到家中一敘、羅卜滾白 公公小姪別母三載今日纔回奈我思親甚切急欲回家拜謁老母來日登門奉謝公公、唱合 與你不及匆匆話別離。韻 李厚德唱

又一體 你且暫遲遲。韻 聽我一言說與知。韻 羅卜白 公公有言請說、李厚德白 自你去後令堂、作住口科羅卜

白為何欲言又止、李厚德白說來不要煩惱、羅卜白小姪豈有煩惱之理、李厚德白令堂聽信讒言、唱一旦前功棄。韻便把三官毀。韻嗏。格羅卜作哭科李厚德唱令勸你謾傷悲。韻且歸拜慈幃。韻幾諫高堂、讀自有箇回心日。韻合不用忙忙辯是非。韻羅卜白老娘當初父在之時、曾在花臺發願、如今毀却前盟、造下孽冤、如何解釋、兀的不痛殺我也、作痛哭暈跌科李厚德作扶科白賢姪甦醒、羅卜唱雙調正曲【鎖南枝】聞翁語。句 自怨悲。韻 悲我不能彀諫母儀。韻 辜負了老父囑孩兒。叶 滚白 命持齋、與奉佛、如伊在時、唱 臨終的語猶記。韻 合 那知道聽讒言。句 把盟誓違。韻 使我乍聞言。句 由不得肝腸碎。韻 旦扮劉氏穿氅小旦扮金奴穿衫背心繫汗巾提茶壺仝從上場門上劉氏唱

【又一體】聞見信。句 喜上眉。韻 他那裏三步一拜為母儀。韻 移步過前堤。韻 白 金奴、隨我來、滚白 移步、過前堤。唱

探取兒消息。韻金奴白李厚德在前面、劉氏作相見科
白李公公向日有罪了、李厚德白老夫亦有罪了、劉氏
白可曾看見小兒、李厚德白這不是、劉氏作見羅卜倒
地驚科唱合為甚麼。句滑倒喚不起。韻白我省得了、李
厚德、滾白向日與你顏變一場、懷恨在心、今日訪得我
孩兒回來、又在途中講是談非、想我孩兒一別三載、今
日回來、母子相逢、當加喜色、如今悶倒在地、不消說了、
一定是你攛掇了甚言詞、唱氣得我。句兒倒地。韻李厚

德虛白從下場門下劉氏作扶羅卜科白兒你爲甚麽悶倒在地羅卜作甦醒科唱

又一體

三魂渺句七魄飛韻非翁誰與我說就裏韻劉氏白是老娘在此我兒豈不聞毋以遠間親使親者無失其爲親纔是李厚德唱今日離間我娘兒叶滾白兒若有疎危唱定然不放你韻白娘到此唱合痛得我句珠淚垂韻滾白忽聞兒至幾多歡喜今見你悶倒雪地頓使我肝腸痛碎兒唱可憐我喜纔來句不禁的愁又

繼。韻白 兒敢是路途辛苦身體倦了、羅卜唱

又一體 非身倦。句劉氏白 想是虧了本銀、羅卜唱 非本

虧。韻因 李公說與兒端的。韻劉氏白 他說什麼來、羅卜

白 也沒有說什麼、劉氏白 旣沒有說些什麼你因甚悶

倒、羅卜滚白 孩兒見父之友如見老父一般、唱 因此上

痛傷悲。韻 悶倒 在 中途裏。韻劉氏白 兒人言難足信、親

見始爲實、唱合 兒你且 揾淚痕。句 莫生疑。韻一同 歸家

去。句便自 知端的。韻作扶起羅卜科白 兒嗄這一會好

些麽回家去罷、羅卜白 待孩兒拜見、劉氏白 路途之上、不消、回家去罷、末扮益利戴羅帽穿屯絹道袍繫鑾帶帶數珠虛白從上場門上金奴白 益利哥來了、劉氏白 益利、你來得好、我兒、你若放心不下、我見你去問他、羅卜向益利白 益利、家中事體如何、益利唱

南呂宮香柳娘 正曲

掌東人遣差。韻 掌東人遣差。疊 到家中已知明白。韻 三官聖像依然在。韻 更香燈列擺。韻 更香燈列擺。疊 依舊似前排。韻 何曾有荒敗。韻羅卜作喜科

白這便還好、劉氏白我兒放心了、羅卜白孩兒放心了、

劉氏白如何、羅卜白老娘請回罷、劉氏唱合且趲步轉

回。叶且趲步轉回。疊作到進門科中場設香案帳幔桌

上掛三官堂匾科金奴益利從兩場門各分下羅卜作

向三官堂禮拜科唱稽首向蓮臺。韻拈香且叅拜。韻白

老娘請上、待孩兒拜見、作向劉氏拜見劉氏作喜科白

知我是夢裏睡裏、羅卜唱

又一體歎拋離數載。韻歎拋離數載。疊温凊誰代。韻歸

來幸喜娘康泰。韻劉氏白我兒買賣一事如何、羅卜白托娘福庇、唱幸獲利歸來。韻幸獲利歸來。疊貨殖稱兒懷。韻劉氏唱娘心愈歡快。韻羅卜全唱合喜今朝轉回。叶喜今朝轉回。疊母子笑顏開。韻謝天與遮蓋。韻羅卜白孩兒聞得會緣橋倒了、不知實否、劉氏白是舊年水衝斷了、羅卜白那齋房不知可還在麼、劉氏白是那些野僧野道失火焚了、羅卜白禀告老娘孩兒意欲重造橋梁再整齋房照舊齋僧濟貧不改父志纔是、劉氏白

但憑我兒唱

孩兒幸喜轉家園。韻　休聽旁人路上言。韻

南呂宮引哭相思　羅卜唱　母子仍前結善果。句　辦炷名香答上天。韻　各虛白仝從下場門下

第十九齣　現普門列仙引道　古風韻

旦扮觀音菩薩戴觀音兜穿蟒披袈裟帶數珠持拂塵小生扮善才戴線髮軟紮扮持淨水瓶小旦扮龍女戴過梁額仙姑巾穿宮衣臂鸚哥隨從上塲門上觀音菩薩唱

中呂宮集曲　榴花好　石榴花首至四

雲巖海嶠普陀崖。韻方便門喜洪開。韻聽宣揚妙諦度埏垓。韻看天花紛墜講經臺。韻

楊枝輕灑韻　功德水讀　沾潤遍三千界韻合

好事近　五至末

願人人普渡迷津句　要物物盡離苦海韻白　紫竹林中樂自然楊枝灑處遍甘泉萬方潤澤霑慈雨吹送薰風入舜絃吾乃觀音大士是也奉佛法旨所爲張佑大在陳州界上殘虐百姓使我點化他可喜他立地悔悟卽率部下信心人等同往西天修行我想日後扶助羅卜共成善果也用得他着他們目下將到火焰山寒冰池爛沙河這幾所險處皆是天造地設隔斷紅塵不使凡

人輕履佛地、不免喚過鐵扇公主、扶助他過了火焰山、雲橋道人、扶助他過了寒冰池、猪八戒扶助他過了爛沙河、使他們早到西天、同證佛果、鐵扇公主雲橋道人、猪八戒速至、小旦扮鐵扇公主戴毛女髮紮靠持芭蕉扇從上場門上唱

仙呂宮正曲 惜花賺 鐵扇裙釵。韻 忽奉慈尊宣召來。韻 淨扮雲橋道人戴道冠頭陀髮紮金箍穿蟒箭袖軟紮扮持棍從上場門上唱 下天衢。句 雲橋直駕青霄外。韻 副扮

猪八戒戴僧帽猪嘴切末軟紥扮持鈀從上場門上唱

謾詠諧。韻　白蓮會上呼八戒。韻　世人笑我十分獃。韻　奉慈宣。句　有何驅使人天界。韻　衆全唱　恭向　蓮臺叅拜。韻

衆全作叅見科白

菩薩在上我等稽首、觀音菩薩白　相召汝等非爲別事所爲張佑大等往西天求見活佛特命爾等前來保護鐵扇公主聽我吩咐、唱

中呂宮正曲　駐馬聽

那　火焰山隈。叶　汝將　鐵扇頻揮使他過此崖。韻　念取這十人修道。句　萬里長途。讀　罹此凶災。韻

鐵扇公主唱 好把 騰騰烈焰搧將開。韻 使他 堂堂大路無遮礙。韻合 法語宣差。韻 去 助成善果、讀 謹遵無怠。韻

觀音菩薩白 雲橋道人聽我吩咐、唱

又一體 人在天涯。韻 你 濟渡雲橋高駕排。韻 只爲 寒冰池險。句 冷氣侵人、讀 凍裂形骸。韻

雲橋道人唱 好把 霓梁一道跨冰崖。韻 度將衆善無危殆。韻合 法語宣差。韻 去 助成善果、讀 謹遵無怠。韻

觀音菩薩白 猪八戒聽我吩咐、唱

又一體

質豈凡材。韻種自天垣傳下來。韻好把善緣廣濟。句將爛沙危河。讀幻作平垓。韻猪八戒唱好把流沙淤塞盡分開。韻使他康途直抵西天界。韻衆仝唱合法語宣差。韻去助成善果。讀謹遵無怠。韻仝從下塲門下

觀音菩薩白大抵乾坤都一照，免教人在暗中行。從下塲門下善才龍女隨下雜扮張佑大等十人各戴氊帽穿道袍繫絲縧帶香袋持香仝從上塲門上唱

仙呂宮正曲　步步嬌

陳州界上屯兵馬。韻志在圖王霸。韻一

且把英雄心按捺。韻感得慈悲。句現身點化。韻合去叩拜法王家。韻好虔誠懺悔蓮臺下。韻分白人人心地佛光明、只爲迯時有死生、感得慈尊親點化、指將覺路好同登。張佑大白自家張佑大是也、感得觀音菩薩現身點化、道我修行七世、指示西皈、因此同部下堅心向善十人、結爲兄弟、同往西天見佛、修行共成善果、又命我等將來扶助傳兄成最上功果、我等自從那日起程、一路上喜得身安心坦、你看今日天氣晴明、不免趲行前

去、衆全唱

仙呂宮集曲　甘州歌八聲甘州首至六句　一心向道。韻縱關山迢遞讀敢說勤勞。韻芒鞋共躡句行盡了水遠山遙。韻鐵扇公主持雙劍從上場門暗上後場桌上立科衆全白　人道往西天、有十萬八千里路、唱　西天路遠終須至。句只爲七世因緣怎混淆。韻排歌合至末句　虔誠願。句忝共叨。韻惟望早登安養樂逍遙。韻全從下場門下鐵扇公主下桌科唱　山巖火。句烈焰燒。韻頻揮鐵扇管取霧烟消。韻雜

扮蛇精戴監髮穿蟒箭袖卒褂軟紮扮持棍從上場門上鐵扇公主接戰科蛇精作敗從下場門下鐵扇公主隨下張佑大等十八全從上場門上唱

又一體 春郊景色饒。韻 看無名野卉、讀 多險山坳。韻這殊方異域。句 令人回憶中朝。韻雲橋道人持棍從上場門暗上後場桌上立科衆全唱 何時得到西方地、句向獅座前頭瞻白毫。韻合 虔誠願。句 忝共叨。韻惟望 早登安養樂逍遙。韻全從下場門下雲橋道人下桌科唱 神通廣。句法力高。韻寒冰池上駕取渡人橋。韻雜扮魚精戴監髮穿蟒箭袖卒褂軟紮扮持雙刃從上場門上雲橋道人接戰科魚精作敗從下場門下雲橋道人隨下張佑大等十八全從上場門上唱

又一體

如烏棄舊巢。韻便飄然遠舉、讀直上青霄。韻不堪回首。句悔當時意念虛囂。韻猪八戒持鈀從上場門暗上後場桌上立科張佑大白古語云、積善之家、必有餘慶、積惡之家、必有餘殃、衆全唱須知行善膺天眷。句

堪笑為强沒下梢。韻合 虔誠願。句 忝共叨。韻惟望早登

安養樂。逍遥。韻仝從下場門下猪八戒下桌科唱 神通

大。句 道力高。韻使 爛沙河內靜波濤。韻雜扮犀牛精戴

牛形盔紥靠執棒從上場門上猪八戒接戰科犀牛精

作敗從下場門下猪八戒隨下

第二十齣 一爭坐位衆匠回心 古風韻

末扮益利戴羅帽穿屯絹道袍繫縧帶從上場門上白齋房修葺建橋梁積德聲名播遠方樂善堂中無限景長春花下有餘香我益利奉取東人之命在此會緣橋每日照管匠工修砌橋梁起造齋房一如員外在日事事無差煥然一新今已打發工價完畢安排酒果酬勞你看那邊衆匠班長來也淨隨意扮山西石匠丑隨意

扮蘇州木匠副隨意扮揚州瓦匠各持隨手器用全從上場門上唱

黃鐘宮 出隊子 正曲

工程完備。韻收得工錢各自回。韻瓦作木石共相隨。韻犒勞歡呼飲數杯。韻合及早歸家讀欣然足美。韻各隨意發諢科益利白列位都來了。三匠人白正是我們都齊在此。益利白你們語言不同聲音各別如何相敘一處。三匠人白我們同在一處做工我們的話大家都懂得。益利白今日特備草酌與列位餞行請坐下慢慢的寬飲幾杯、場上設席科石匠白如今那箇坐首席、益利白憑在列位、木匠白就憑益利哥說該那箇坐、益利白我也難以主張、列位公論便了、從下場門下石匠白這座兒該我石匠坐、瓦匠白怎麼該你、石匠白待我說石匠的來歷與你們聽、西江月自古女媧煉石、五色堪補青天、祖龍鞭石至今傳、海上能通一線、漢唐池館猶在、蓬瀛殿陛巍然、我石工偉績若爭先、首席該吾誰擅、作欲坐首席科木匠白該我木匠坐首席、

石匠白　怎麼該你、木匠白西江月　自古巢居穴處、羲皇作室安身、高樓大厦且休論、甕戸蓬樞亦穩、巧則公輸獨擅、明則離婁莫倫、我木工從古獨稱尊、首席吾當不遜、作欲坐首席科瓦匠白　該我泥水匠坐、木匠白　怎麼該你坐、瓦匠白西江月　自古茅茨稱貴、還誇陶冶河濱、阿房宮殿接青雲、帛縷周身猶遜、更有名臣諫獵、喻言悟主匡君、我瓦作功用有誰倫、首席那有你分、三匠人隨意發諢相打科益利仍從下場門上白　怎麼你二人

打他一箇、却爲何事相爭起的呢、瓦匠唱

中呂宮正曲　駐雲飛　只爲首席難平。韻因此三人起鬭爭。韻

木匠唱這石匠逞威能。韻石匠唱那木匠多兇橫。韻嗏

格木匠唱苦我受才丁。韻遍身青。韻請驗傷痕。讀好教

他償徵命。韻白我一人打死二人、一人塡命、他二人打

死一人、二人俱要塡命、唱合伏望賢東做證盟。韻伏望

賢東做證盟。疊三匠人隨意發諢復作相打科益利唱

又一體　禮別尊卑。韻原本人情該物理。韻木匠白怎見

得該物理。益利白 金木水火土。唱 物有天然位。韻白 温

良恭儉讓。唱 人以讓爲貴。韻 嗏。格自古道 饒人不是癡。

韻 得便宜。韻白 我有道理。你三人各拿一杯酒。待我傾

上來。三匠人各作取杯益利傾酒科唱 且自 立飲三杯

讀 飲此全和氣。韻滾白 依次推移。轉轉團團。和氣雍雍

做一箇車輪會。三匠人各作飲酒隨意發諢科益利唱

合 何用爭强坐首席。韻 何用爭强坐首席。疊三匠人唱

又一體 多感明言。韻 諸匠心中巳豁然。韻白 東家賜酒

乃是好意怎麼倒打將起來、唱全沒高明見。韻白我等

小人不可以履君子之庭、唱怎見東人面。韻嗏。格白益

主管、你果然是箇君子、唱美你忠厚善名傳。韻結良緣。

韻白今日又感化我們衆匠、唱俄頃之間、讀一槩皆從

善。韻白自古道打人一拳、三日不眠、我們如今和睦了、

唱合各自歸家自在眠。韻三匠人隨意發諢科全從下

場門下益利白諸匠已散、不免請官人大開賑濟便了、

從下場門下

第二十一齣　傳羅卜行善周貧　古風韻

生扮羅卜戴巾穿道袍繫絲縧帶數珠持拂塵從上場門上末扮益利戴羅帽穿屯絹道袍繫縧帶帶數珠隨上羅卜唱

【雙調孝南枝】孝順歌首至七集曲　春風動。韻草木萌。韻夏發秋凋冬落空。韻惟有翠柏與蒼松。韻四季之間一樣同。韻歎人生如夢。韻費盡機謀讀毫無所用。韻生前如

寄世。句末後已歸宗。韻合須行善。句積陰功。韻滾白早把佛經誦、唱纔得免輪迴。句罪業重。韻作到會緣橋科

白來此已是會緣橋了、今乃賑濟之日、可竪起幢旛、齋僧齋道齋尼、一如舊日、庶幾繼父之功、延母之壽、若有求濟的、教他上橋來、益利白曉得、掛起幢旛來、仝從下場門下雜扮院子戴羅帽穿屯絹道袍繫鑾帶持旛從下場門上設場上科仍從下場門下小旦扮癱婦扎啞老切末穿衫繫汗巾持扇從上場門上唱

又一體　夫啞聾。韻　奴又瘋。韻　奇貧室如懸磬空。韻　如花枉麗容。韻白　紅顏女子命迍邅、不怨人兮敢怨天、若論妾身容顏體態、豈作饑寒之婦、不幸命蹇、兩足瘋癱、寸步難行、嫁了箇啞子丈夫、滚白　家罄囊空、若不駝出門去哀謁、必做溝渠之鬼、有誰見憐、天這苦誰似我、求告於人臉含羞、這便是我兩夫妻貧賤、下場頭、天那、不由人不提起淚霑襟、唱　說起心酸痛。韻　不覺處　井欄晨凍。韻　哀告於人。讀　不禁惶恐。韻　瘸子內白　阿哥阿嫂等我

一等、癱婦白　老頭兒叔叔在後面喊叫不知爲着何事
你我在此等他一等、丑扮瘸子戴氈帽穿喜鵲衣繫腰
裙拄拄杖從上場門上白　我沒喉長氣短介叫、你丢顛
鬆顛鬆越走得快哉、癱婦白　你遠叫、他那裏聽得見、瘸
子白　好哉、阿哥、箇傅官人拉會緣橋上大開賑濟、我里
去唱幾套勸世文、必然多多周濟你我勾、前頭有幢旛
高掛拉、丢你遠遠里望答去嘘、癱婦向啞老耳邊虛白
科瘸子白　拉箇答看阿會看見來、癱婦白　那不是問你

去不去走嗄、作急行科瘸子仝唱聞說 會緣橋上。句 現周濟貧窮。韻合 但能彀。句 憐念儂。韻這 大恩德。句 似海山重。韻仝從下場門下雜扮衆男女乞兒各戴破氈帽穿乞丐衣衫仝從上場門上分唱

雪風景歌 殘疾的乞丐可憐。韻 病廢身癱。句 夫妻雙聾總前緣。韻 你扯我拽兩牽連。韻 誰道。讀 駝背從來醫得直。句 只怕麻繩松板。讀 夾我在中間。叶 矮人不滿三尺長。句 也向人前胡廝纏。韻 啞子喫黃連。韻 有苦向誰言。

韻腿瘸足跛猶還可。句看我那膝行的。讀日日跪街前。韻

韻哈吧狗。句到處牽。韻精皮膚。句慣要打金磚。韻成羣逐隊街頭去。句一齊唱出哩囉嗹。韻女乞兒。讀更可憐。韻

韻襁褓的孩兒。讀揣在胸前。韻這箇小猴猻。句一溜觔斗打得歡。叶攜竹籃。讀提瓦罐。叶討得殘羹併剩飯。叶生涯四季蓮花落。句家當一條秧草薦。韻出入不離漏澤園。韻住居只在卑田院。韻

各隨意發諢科全從下場門下瘸子癱婦全從上場門上瘸子白

奔殺我哉虧箇

老老去、作到會緣橋科癱婦白 難爲這老頭子了、瘸子白 住去讓我去通報、橋上箇大叔、益利仍從下場門上白 是那箇、瘸子白 我里是討乞勾、求財主老爺布施布施、益利白 住着官人有請、羅卜仍從下場門上白 做甚麼、益利白 求濟的到了、羅卜白 教他上橋來、場上設橋坐科益利白 教你們上橋來、瘸子白 是哉、噲阿哥、教我里上橋去、癱婦白 老頭兒齋公教你我上橋去、作相見科白 恕不下禮了、瘸子白 我花子與財主爺磕箇頭罷

羅卜白　你三人是一路來的麽、瘸子白　我里是一家門

羅卜白　你這婦人爲何教這老頭兒駝着、癱婦白　有殘疾、羅卜白　是甚殘疾、瘸子白　財主老爺勿曉得了、我里阿哥是箇啞子、我里阿嫂是箇癱子、我亦是箇瘸子、拿我里三箇人送到銀匠店裏去連下介十火只怕連箇對冲成色還沒得來、羅卜白　將何爲生、癱婦白　丈夫自小生來啞妻子紅顏自幼瘋、口食身衣難擺佈、念詞唱曲度貧窮、羅卜白　曉得甚麽詞曲、癱婦白　能知忠孝義

和四套勸詞、羅卜白 好、用心唱來、多多周濟與你就是了、癱婦白 老頭兒、齋公爺敎我唱忠孝義和四套勸詞你雖耳聾聲啞、我在你耳旁高唱、你還聽得、你只將頭腳按板就是了、瘸子白 你阿會聽得來、癱婦唱

勸世詞

我勸讀 爲官爲宦人。韻 我勸讀 爲官須是做忠臣。韻 十年窻下無人問。韻 一舉成名天下聞。韻 文官把筆安天下。句 武將持刀掃烟塵。韻 爾俸爾祿君恩重。句 切莫要讀 貪財虐下民。韻 爲官的讀 聽也波聞。韻 須要

讀赤膽忠心答聖君。韻衆男女乞兒虛白仝從上場門上作到會緣橋求乞科羅卜虛白命益利引衆向下各取米布隨上仍仝從上場門下癱婦唱

又一體

我勸、讀人間子女們。韻那子女、讀須要把孝心存。韻作啞老怒踢瘸子瘸子作起避科益利作攔勸科白不要如此、爲着甚麼事、癱婦白他是啞人、性急、駝着我唱、豈不費力、他是後生家、不來挈助、坐在那裏躲懶、他嗔怪着他哩。益利白你也該起來挈助他纔是、瘸子

白勿是大叔、我乞勾走得腿疼了、略坐坐歇介歇、益利

白不要如此、羅卜白有話回家去說、攤婦白老頭兒齋

公爺這裏說、敎你有話回家去說罷、兄弟過來挈挈罷、

癩子白若勿是我對你說、你還勿曉得拉鬲裏來來、益

利白這老頭兒這樣大火性、攤婦白這老頭兒不聽人

說、這是家裏由得你性兒麼、癩子仝唱十月懷胎娘屬

離。句三年乳哺母慈恩。韻男敎詩書知禮義。句女敎鍼

指顯楣門。韻養得男大和女長。句喫盡了讀萬苦與千

辛。韻兒和女、讀聽也波聞。韻慈烏也識報其親。韻

又一體

我勸、讀人間弟與昆。韻那弟兄、讀連枝同氣要親親。韻弟敬兄、讀如同敬父母。句兄愛弟、讀如同愛子孫。韻兄弟相和家務辦。句莫爭些小便紛紜。韻兄和弟讀聽也波聞。韻鴈鴻次序本攸分。韻雜扮衆僧道尼姑各戴僧帽道巾穿僧衣道袍持神牌木鐸擊魚鼓簡板仝從上場門上作到會緣橋相見科羅卜虛白命益利引衆向下各取米布隨上仍仝從上塲門下癱婦瘸

子唱

又一體

我勸 讀 人間夫婦們 韻 那夫妻匹配美婚姻 韻 七世修來纔共枕 句 百年和順敬如賓 韻 妻敬夫時夫愛婦 句 一夜夫妻百夜恩 韻 夫和婦 讀 聽也波聞 韻 鴛鴦到老不離分 韻

羅卜起隨撤椅科白 果然唱得好益利看白米五斗銀子五兩周濟他、癱婦瘸子白 多謝齋公爺的厚賞、羅卜白 但得存仁義猶如念阿彌、益利向下取銀米隨上付瘸子科羅卜益利全從下場門下癱

婦白　今日蒙周濟、深恩永不遺、瘸子白　雨來哉、虚白從下場門下　癱婦白　老頭兒、疾風暴雨來了、快些走、唱

南呂宮曲　金錢花　霎時風雨連天。韻　連天。格　今朝得遇高賢。韻　高賢。格　憐孤恤寡賜周全。韻合　施銀米、讀　濟迍邅。韻　急急走、讀　轉家園。韻　從下場門下

勸善金科　第四本卷下

第二十二齣　朱紫貴鬻身遇舊　古風韻

小生扮朱紫貴戴巾穿破道袍繫腰裙從上場門上白

屋漏更遭連夜雨船遲又被打頭風想我朱紫貴這樣命苦早年喪母父子相依不料陳州叛亂同父親避難出城沿路兵馬紛紜來到此處不想父親忽然患病一旦身故哀慟欲絶無奈逆旅無錢資送再三籌算別無計策只得將身賣與人家得幾貫錢鈔以爲殯葬之費

唱

仙呂宮集曲　皂袍罩金衣　皂羅袍首至八　痛念吾親身殞。韻歎衣衾棺槨、讀怎生支分。韻叩天東手天不聞。韻白孟子云、守孰爲大、守身爲大、唱欲待要賣身羞怎忍。韻白又云、事孰爲大、事親爲大、滾白今日送死事大、則吾身在所輕了、苦我也顧不得羞慚、怕不得恥、只得沿街去叫賣吾身、白賣身、內白那漢子、你賣的是關東升是通州升、朱紫貴白人身、內白我們這裏不。要人參、朱紫貴白大哥、

滾白 這人身不是那人參、內白 你爲何事賣身、朱紫貴白 大哥、唱黃鶯兒 合至末 爲嚴親。韻 無錢殯送。句 因此求告賣吾身。韻 內白 不買、朱紫貴白 你既不買講這一會何用、內白 閒講閒講何妨、朱紫貴白 這是那裏說起不免回去罷、作欲回又止科白 我怎麼回去得賣身却又無人肯買奈我的父親現在未殮此回店中除了我此身再無一物可賣了、唱

又一體 無奈家貧如罄。韻 有何人仗義。讀 哀死憐生。韻

麥舟空誦古賢名。韻而今誰肯來相贈。韻作跌科滾白爭奈連朝饑又病、跌倒不能行、老天、到如今求告無門無可生、免不得一死了、我今身死何足惜、只是暴露吾親屍骸也、我死黃泉目不瞑、內白那漢子、我對你說、你要賣身、可往會緣橋去、那裏傅家賑濟貧窮、收買你身也未見得、朱紫貴起白多謝長者、唱合苦伶仃。韻無人來售。句只得垂淚向前行。韻作到會緣橋處白求濟科

末扮益利戴羅帽穿屯絹道袍繫鑾帶帶數珠從下場

門上白　你是那裏來的、朱紫貴白　賣身、益利白　敢是求濟的麼、朱紫貴白　正是、益利白　你且少待官人有請、生扮羅卜戴巾穿道袍繫絲縧帶數珠從上場門上白　萬緣慈是本百行孝爲先、益利白　外面有一漢子賣身、羅卜白　着他進來、中場設椅轉場坐科益利引朱紫貴作進門相見科羅卜白　看你少年英俊因甚賣身、朱紫貴白　爲因賣身葬父、羅卜作起科白　阿彌陀佛請坐了、益利設椅科朱紫貴白　長者在上卑人怎敢坐、羅卜白　坐

了好講、各坐科羅卜白 請道其詳、朱紫貴唱

雙調集曲 風雲會四朝元 四朝元首至十一句 衷情欲剖。韻 未言先淚流。韻羅卜白 可有父母、朱紫貴唱歎 慈親早喪。句 父爲郡守。韻歷 艱辛雪上頭。韻遇 兵荒時候。韻遇 兵荒時候。疊 避亂他鄉。句 親丁兩口。韻 父喪黃泉。句 兒惟束手。韻駐雲飛四至六 奈 棺槨皆無有。韻 嗏。格 無計可營求。韻一江風五至八 只得效 董永當年。句 願把身求售。韻 君子賜收留。韻 卑人心願酬。韻羅卜白 傷哉貧也、人子之報父母正

當如此益利哥可多多周濟孝子、益利應科從下場門
下朱紫貴起作謝科唱朝元令合至末　荷君家周濟。句白　非
惟小生感戴老父九泉之下也感戴不盡唱　生生世世
讀　感恩不朽。韻　感恩不朽。疊　羅卜白　敢問孝子高姓貴
表、朱紫貴白　卑人姓朱名紫貴陳州人也先人曾任隴
州司馬、羅卜白　曾婚娶否、朱紫貴白　自幼聘定同郡華
朝散之女尚未過門遭逢離亂不知下落、羅卜白　這樣
看將起來我前日營中所救母女正是他的岳母妻子、

這也是天假其便今日卽當成就了他罷孝子你可曾會過令岳母麼、朱紫貴白 先父與華朝散同年通家那華夫人原是自幼見過的、羅卜白 孝子、唱

又一體 哀哀父母。韻爲 人子當報補。韻美伊家 將身自賣。句送親歸土。韻天地神明 豈不昭鑒取。韻白 我前日從陳州回來在亂軍之中救贖母女二人乃是華朝散妻女、唱想 昨至中途。韻想 昨至中途。疊贖取母女伶仃句這都是 神天相護。韻却與你 暗賜婚姻。句使 今朝重

遇。韻看骨肉　團圓相聚處。韻㗛格你　奮志讀詩書。韻　有日身榮。句　不用多凄楚。韻滾白　孝子、你今賣身葬父世所罕有、邂逅相逢、必有奇緣、唱　你　遇我得相扶。韻　婚葬皆當助。韻朱紫貴唱合　感你　輕財重義。句　生生世世。讀銜恩不負。韻　銜恩不負。疊益利仍從下場門上白　官人、棺槨衣衾、白銀白米都有了、羅卜白　益利哥、可往莊上尼菴、請華夫人快來相會、益利應作出門科從上場門下朱紫貴白　卑人父喪在身、不當以姻親爲念、羅卜白且與令岳母相見畢姻之事日後再作道理、朱紫貴起科白 多謝長者、羅卜起隨撤椅科益利引老旦扮金氏穿老旦衣從上場門上作進門相見科金氏朱紫貴仝唱

南呂宮引【哭相思】骨肉流離如轉蓬韻 此生何幸又相逢韻 今宵賸把銀釭照句 猶恐相逢是夢中韻 羅卜白 孝子不必悲哀料理令尊葬事完畢請到小莊與華夫人同居一應薪水俱在我這裏支取且等年歲太平扶柩回

歸、却也未遲、朱紫貴白 多謝長者、羅卜白。華夫人得會令壻、在此可以安心了、且請暫回、金氏白 多謝官人、唱

慶餘 感承恩德身多幸。韻朱紫貴唱 救拔流離如再生。韻 結草銜環難報稱。韻各虛白從兩場門分下

第二十三齣　二怨鬼痛抱沉冤　齊微韻

旦扮陳桂英魂搭魂帕穿衫拴縊死切末從右旁門上

唱

商調正曲　山坡羊

在生時讀謹持節義韻爲婆婆讀將奴苦逼韻致令我讀自縊身亡句只落得一靈兒讀在泉路長沉滯韻淚暗揮韻要見親人無見期韻可憐夫在他鄉地韻我死黃泉他怎知韻

生扮鄭賡夫魂戴巾搭魂

帕拴刎死切末穿道袍從右旁門上唱合孤栖。韻負屈銜冤總爲伊。韻傷悲。韻怨海愁山訴向誰。韻作相見科鄭賡夫魂白請問女娘什麽鬼、陳桂英魂白我乃全節自縊鬼、請問先生什麽鬼、鄭賡夫魂白我乃全孝自刎鬼、陳桂英魂白不知所爲何事、鄭賡夫魂白我父聽信繼母讒言、將我一時逼死、陳桂英魂白原來如此、鄭賡夫魂白女娘因甚自縊、陳桂英魂白因爲我夫出外、婆婆逼我與外人通姦、我因堅執不從、爲此自縊而死、丑

扮土地戴巾穿土地氅持拂塵從上場門上白　二冤鬼

聽者、二鬼魂白　你是什麼人、土地白　我乃當方土地神、

二鬼魂跪科白　原來土地公公可憐二鬼無人超度魂

無所歸、伏望公公慈悲、土地白　我不能發落你們、如今

採訪衆神早晚就到你兩箇向前哀告、自有所歸之地、

二鬼魂白　如此待寃鬼拜謝、作叩拜科唱

越調正曲　憶多嬌　多感伊。韻爲指迷。韻只待　採訪神來訴與

知。韻使　飄蕩遊魂有所依。韻合　苦痛悲啼。韻　苦痛悲啼。

疊　無故一朝命摧。韻　土地唱

又一體　休歎息。韻　莫淚垂。韻　聽我分明說向伊。韻　白　你被繼母毒害、自刎而死、你被婆婆逼你改節、自縊身亡、這却是母虐其子、婆凌其媳、陽間雖有尊卑長幼之分、陰司却論善惡果報之條、你兩箇雖受枉死之苦、節孝之名並著、你那繼母、你那婆婆、他兩箇罪惡非小、只等待命盡無常、那時節無間地獄、受盡非刑、還要墮落輪迴、唱　少不得報應昭昭終有期。韻　合　苦痛悲啼。韻　苦痛

悲啼。疊無故一朝命摧。韻仝從下場門下

勸善金科

第四本

第二十四齣 四正神明開覺路 先天韻

雜扮四侍從各戴將巾穿蟒箭袖排穗執旗雜扮四沙彌各戴僧帽穿道袍披袈裟帶數珠持花旛引副扮達摩戴達摩兜穿達摩衣持禪杖擔經立車上雜扮力士戴紮巾穿蟒箭袖繫肚囊推車雜扮四侍從各戴將巾穿蟒箭袖排穗執旗雜扮四天神各戴卒盔穿門神鎧捧纛韃印盒金鎗令旗引淨扮托塔天王戴帥盔紮靠

襲蟒束玉帶托塔立車上雜扮力士戴紥巾穿蟒箭袖繫肚囊推車雜扮四侍從各戴將巾穿蟒箭袖排穗執旗雜扮四揭諦各戴揭諦冠穿雁翎甲持鐧引小生扮韋馱戴帥盔繫背光紥靠持杵立車上雜扮力士戴紥巾穿蟒箭袖繫肚囊推車雜扮四侍從各戴將巾穿蟒箭袖排穗執旗雜扮四從神各戴紥巾穿蟒箭袖排穗持寶劍引外扮靈官戴紥巾額紥靠掛赤心忠良牌立車上雜扮力士戴紥巾穿蟒箭袖繫肚囊推車全從上

場門上四神分白

衆生與佛本同根、地獄天堂幻化因、悟得眞時眞亦幻
迯來幻裏幻原眞、吾乃如來弟子達摩、吾乃托塔天王
李靖、吾乃十洲感應韋馱、吾乃赤心忠良靈官、仝白我
等來往塵寰、採訪善惡、不期相遇、就此同行、衆應遶場

科仝唱

仙呂入雙角合曲　北新水令

隔垣有耳莫輕言。韻況蒼蒼豈無
聞見。韻你纔祇漾虛空三際裏。句滿八識十分田。韻寂

寂淵淵。韻他那裏神目已如電。韻仝從下場門下丑扮土地戴巾穿土地氅持拂塵引小生扮鄭虞夫魂戴巾穿道袍拴刎死切末旦扮陳桂英魂穿衫拴縊死切末從上場門上二鬼魂唱

仙呂入雙角合曲　南傍粧臺

冷荒烟。韻一點孤燐是我眼光懸。痛不定腥氛在。句行難穩黑風旋。韻天荒地老誰來管。句百喙難鳴萬劫冤。韻向土地跪科白我等兩箇屈死寃魂、深蒙尊神憐憫救濟、引領到此、未知可能得見

採訪尊神、叩求救拔、得雪沉冤、土地白 爾等只在此間等候、少頃便有諸神在此經過、爾等即將生前屈死緣由、哀懇超濟便了、二鬼魂白 多謝尊神指引、我等只在此等候、土地白 吾神不便在此、先自去也、二鬼魂白 尊神請便、土地從下場門下、二鬼魂唱合 三年碧句 千古眠韻 哀音成鴂血成鵑韻 全從下場門下、衆引四神從上場門上、遶場科、全唱

仙呂入雙角合曲 北折桂令 翠旌揚寶戟鑣聯韻 閣道縈紆句

碧落迴旋。韻素月娟娟。韻明霞剪剪。韻雷鼓填填。韻下視那山川省縣。韻遍觀他市邑郊廛。韻紛紛攘攘。句人氣成烟。韻善惡妖祥。句滿目昭然。韻各分立內出火彩科四神白行到此間、忽有燐火光騰、旋風陡起、未知是何怨鬼、達摩白青光之中、隱隱黃氣、是箇善信、四神白衆護從、不得攔阻、由他自來、備陳情狀便了、衆應科二鬼魂從上場門上唱

仙呂入雙角合曲　南涼草蟲

祇餘魂可痛。句更無淚堪泣。韻虛

空布滿哀怨。韻渾逃卻方輿與大圓。韻只覺得剜心刀、箭。韻作見四神叅拜科白 尊神在上、望求憐念寃魂速賜救拔、脫離苦趣、四神白 你這兩箇寃鬼、有甚負屈、何以身亡、可將情由、一一訴來、二鬼魂白 多蒙尊神垂問、願將沉寃慘斃、細細陳訴、鄭賡夫魂白 寃魂屈遭自刎身亡、陳桂英魂白 寃魂痛受懸梁慘斃、仝唱合 禍發無端。句 一朝身赴黃泉。韻四神白 你們銜恨身亡、畢竟爲何、唱

仙呂入雙角合曲　北鴈兒落帶得勝令　鴈兒落全　你把名和姓氏傳。韻　甚處爲鄉版。叶　一箇儒冠甫上頭，句　一箇楚楚邦之媛。韻　得勝令全　爲甚的利刃喪青年。韻　爲甚的自縊命歸泉。韻　莫道人身易。句　孤魂若箇憐。韻　身捐。韻　甚事難分辯。韻　魂痟。韻　緣由仔細宣。韻

鄭廣夫魂白　究鬼鄭廣夫年方弱冠，爲因繼母惡計讒言，將我陷害，把家私全與他所生的兒子爲業。唱

仙呂入雙角合曲　南[illegible]機錦　楊柳外樓閣前。韻　落花飛撲天。韻

他

香掠雲鬢蜜掠鬍。韻引蜂兒聚鬢蟬。韻却教我掇蜂兒迫近項肩。韻合陡冤我念邪淫。讀故與調情也。句因此上伏劍階前一命捐。韻四神唱

仙呂入雙角合曲　北錦上花

捷捷幡幡。叶妖狐潛煽。韻喬梓恩情。句一朝改變。韻飲劍捐軀。句獨少母憐。韻爾雖戕生。句堪爲孝勸。韻白女鬼可將冤情訴來。陳桂英魂白尊神念冤鬼陳桂英呵。唱

仙呂入雙角合曲　南一盆花

只爲姑嫜覥覥。韻趁兒夫出去。讀

溱洧裳褰。韻 鼠牙雀角有煩言。韻 要將奴攬做一鑊麵。
韻合 我胡敢然。韻 我何能免。韻 只得拋棄殘生。讀 一條
冰練。韻 四神唱
仙呂入雙角合曲 北錦上花 他只爲一晌癡。句 不管人禽變。韻
你落得千年。韻 金管名鐫。韻 撒手懸厓。句 泉下長眠。韻
白骨生香。句 有何含怨。韻 托塔天王靈官白 那鄭賡夫
繼母王氏、陳桂英、親姑沈氏、罪惡滔天、我等吩咐雷公
電母立刻擊死、以彰天網、何如、 達摩韋馱白 二犯固當

誅殛、但究竟是孝子之母、節婦之姑、爲子婦而殛母姑、未免壞他世相、伊等陽壽將終、陰司果報匪輕、待伊判燒舂磨、一一受用便了、四神仝白 鄭賡夫、陳桂英、節孝可嘉、我等奏聞上帝、自有恩旨、二鬼魂白 多謝尊神、但我等枉死鬼魂、痛苦不了、仰祈尊神、如何解救、達摩白 我佛如來、金口妙偈、爾等聽者、二鬼魂應科 達摩作梵音誦科白 殺我我無嗔、久捨冤親、心左以旃檀塗、右以利刀割、於此二人中、平等心無異、雜扮二揭諦各戴揭諦冠穿門神鎧仝從上上場門上將二鬼魂刎死縊死切末撤去科仝從下場門下二鬼魂白　一聞金偈、渾身通泰、一點不疼了、呀、刀繩都不見了、仝作拜謝科白　多謝尊神、　四神白　快喚當方山神土地過來、　一侍從白　領法旨、當方山神土地、上聖有宣、　雜扮二山神各戴卒盔穿門神鎧持斧雜扮二土地各戴紮紅紗帽穿圓領束金帶執笏仝從上場門上分白　山神威有感、土地法無私、仝作見四神叅拜科白　衆位尊神、山神土地叅見、　四神

白　山神土地爾等護持這孝子節婦陰魂者待那惡婦報應分明之後伊等自必上昇天堂也　山神土地白　領法旨小神等帶此冤魂前去也謹遵天上宣傳語去告陰間殿主知　引二鬼魂仝從左旁門下四神白　衆護從神就此再往前去　衆應遶塲科仝唱

慶餘　念萌暗室分明見　韻　是你心雷心電　韻　却成了報應無私造化權　韻　仝從下塲門下